花を咲かせる

谷　和子

花を咲かせる

谷　和子

目次

目　次

花を咲かせる

まだかまだかと待っていた桜の開花。四月に入って一気に咲いた。三日はお花見の予定が天気は雨。それでも公民館で懇親会。大勢の人が集まり楽しんだ。

家の窓辺から里を見下ろすと、クヌギの花芽が淡く黄色く山を染め、その中に一盛り二盛りと山桜が平野まで続いて咲いている。霞がたなびき、ぼかしの景観を独り占め。

昔から歌人が桜花の歌を残している。今は桜花と言ったら「ソメイヨシノ」。気象庁の開花宣言もソメイヨシノである。公園や堤に咲く桜花は、江戸時代に突然変異でできた桜だそうだ。

一概に桜といっても種類は多くあるのだ。

私の住む箱根山に少し掛かった山中には、山桜が多く咲く。たぶん植栽ではなく、そこで芽吹き、成長した感じ。崖の上や人も踏み入らない谷間などに大きく枝をはり、おおらかに咲いている。
山桜には赤芽と緑芽があって、花色の赤芽は桜色、緑芽は白である。花芽と葉が同時に育ち、花は若芽に守られるように、支えられるように開花する。その色相は、木の枝から絞り出されるようで、何か語ってくれないかと、問うてみたい気持ちさえする。

家の登記簿の記載には「字笹洞」と書いてある。近くには箱根越えをする旅人が歩いたような細い道が何本かある。獣道らしきところを進んで行くと、やがて広い道に出る。

この里山に住んで、田舎育ちをむくむく表し、探検をしたのが病みつきとなり、今もワクワクして山桜の春を一人で楽しんでいる。

大きく枝を伸ばし、富士山を前に立つ一本桜。枝を大きく広げ咲いている。

願わくは　花の下にて　春死なん　その如月の　望月のころ

西行は文治六年（一一九〇）二月十六日に亡くなった。望んだように、花の季節に亡くなったようだ。

望んだ花は、山桜だったと私は思う。それも植栽された桜木ではなく、吉野の山中に咲き、待ち望んだ春、しかも望月。満月でありたい。西行の人生も決して悠揚ではなかったようだ。

そうありたいと、思うこころは、叶えられるのだろう。

花の色、その謎は限りない。

花を咲かせる。色を出し切る。人の生き方も、自然からの学びであると。

春色は嵐と共に

稲妻を光らせ雷鳴をとどろかせ、春の嵐が通り抜けて行った。朝、日の光が窓から差し込み、カラスが鳴き、ウグイスの初音も聞いた。

庭の色は昨日とは一変。菜の花の黄色が湧きたち、なかなか育たなかったブロッコリーの蕾が、一夜にしてはちきれんばかりに膨らんでいる。

昨日とは全く違った庭の様相である。

林の木々の枝は、ほんのり薄黄色。桜の枝もほんのり赤く、幹の中の色が外にも出てきている。

昔から多くの絵師が描いている風神、雷神。春を運んで来る神をこっけいに描き、喜んだのだろう。

灰色の世界から花咲く春を運んでくる躍動感、ワクワク感。人々はこの日を待っていた。

二月末、東京国立博物館で「仁和寺と御室《おむろ》派のみほとけ展」を見た。そこにも風神、雷神像があり、俵屋宗達はこうしたものをモチーフに、画面から飛び出しそうな屏風絵を描いたのではないだろうか。色彩もよく似ていた。

ガタピシャと軒を揺らし屋根を打つ風雨の恐怖。その後の春色。朝、窓を開けた時の喜びはひとしおだ。

春がやってくるストーリーを体感する喜びは、子供の頃と同じである。


染織家で人間国宝でもある志村ふくみさんが、長い間、草木染めをされ、春色の糸を染める過程を本で読んだ。秀でるものを二つ持つ方だ。志村ふくみさんのエッセイは、草木染めが後世にも伝わるように、その心内を吐き出すように細やかな言葉で描いていらっしゃる。

桜の花びらは綺麗なピンク。だけど、花色をそのまま糸に染み込ませても桜色にならないと。ほのかな桜色の糸を紡ぎ、反物にして、美しい桜色の着物にするには、冬、桜の枝に蓄えた花を咲かせる色を、桜の枝から頂くと。それは庭師さんから剪定した桜の枝を頂き、その枝を煮詰めて色を抽出し、その液で糸を染めるのだと……。

「桜折るバカ梅折らぬバカ」。そんな言葉があるけれど、剪定した桜の枝を集めて、桜色の糸を染めるのは大変なことである。

春の嵐が通り過ぎた林は、四月に咲く花を枝先に包み、ほのかに色を浮かべ、春待ち色の景色を作っている。

その昔絵師や染色家たちは、こんな景色を紙に布に描き残し、その感性を飾ったのだ。

時間を追うように林の色が変わってゆく。秋に飛来したジョウビタキが庭の常夜灯の上に止まり尾羽を振っている。オレンジ色の胸毛を膨らまし、旅立ちは近いようだ。

この里山に住んで彼と出会い、もう三十年。その距離を少しずつ縮めていった。その日ジョウビタキは、やはり旅立ちの挨拶に来たようであった。

月は屋根の庇の上に

今日は日曜日。訪ね来る人も電話もなかった。温かくして寝ようと電気を消すと、真っ暗になった部屋のカーテン越しに、窓がポーッと明るい。

そっとカーテンを引き外を見ると、煌々《こうこう》と輝く月。カレンダーを見ると十三夜だ。少し寒いけれど窓を開け、ベランダに出て見ると、少しゆがんだ月が家の屋根の庇の上にかかっている。

足元から冷気がスーッと上がって来る。「明日の朝は今年一番の冷え……」と先ほどテレビで言っていた。

暗い夜景の中で、街の灯は七色に輝いている。環状道路の車のライトは、いつもより少ない感じ。

里の道路の街灯はＬＥＤ。際立った白い光。

八月の十五夜の月は大きかった。今は十一月。月は少しぼやけて小さい感じがする。同じ月なのに大小があるかって……気持ちの問題ね、と思っていたら、後に「月の大きさはいつも同じではなく地球の回転によって大小がある」とテレビで言っていた。

単なる感じだけではなかったのだ。

虫の音は最盛期を過ぎたのかか細い。時にハクビシンの鳴き声もあったけれど、今日は静か。

きっと明日の朝、木々の葉に赤や黄色が増えているだろう。

このベランダで月を見ながら虫の音を聞いた夫は虫と一緒に月明かりの下にいるのかもしれない。「うん、よい月夜だ……」と、言ったような。

時々庇に「ドン」と音を立てて何かが来る。人に話したら「ヨタカではないか」と言った。それを聞いて、夫はヨタカになったのかと思ったら怖くなくなった。

足元で、数日前カップに種をまいたポピーが芽を出している。クロアチアを旅した時、アドリア海の崖っ縁に咲いていた赤い芥子の花を、咲かせてみたいと思ったからだ。

崖の岩の間から茎を伸ばし、薄い和紙のような赤い花びら。海から吹く風もなんのその。真っ直ぐに伸び、青い海と赤いポピー、ずどんと心打つ感動があった。

昨日チューリップの球根を五十個買った。花が出るまで六カ月。咲いた後、球根を掘りあげて休眠。綺麗な花を見るのは一週間である。

その時々のサイクル、プロセスが浮かんでくる。だから作業は楽しい。

チューリップにポピー、その前にミヤコワスレの紫。白い花ニラが咲き、五月の末に花菖蒲、そしてエビネランが咲く。

その前に十種類の椿が順に咲く。どれも挿し木で増やしたもの。

ベランダから暗い斜面の庭を見て、春に咲く花をイメージし、頭の中に図面を描く。

木々の葉が落ちる十二月、日の光が地面いっぱいに届くころ、庭仕事をする。

そんな頃、夜空の月は大きいかしら。小さいかしら。

ポピーの花が咲いた

青い空。初夏の強い日差し。時々強風の日もある。緑葉の間から細長い茎を伸ばし、花芽の丸い蕾は、ずっと下を向いていて、ぐっと上を向けた朝、包んでいた袋をポンと割り、折り畳んだ薄い花びらを手品師のように開く。

赤、赤ピンク、淡ピンク、白。初めてこの庭に咲くポピーの花。木の上で雛を育てている小鳥たちも見ているはずだ。

カラーの白い花とミヤコワスレの紫。日に日に緑を濃くしていく木々の葉と競うように初夏の林を彩っている。

野菜の種を買いに行った時、見つけたポピーの種。アドリア海の崖の岩肌や草原に咲いていた花だ。

紺碧の空。海から吹く風にもめげず、花弁を風に揺らし咲くポピーの花。ほとんど土のない石灰石の中で、華奢な花姿なのに凛と咲く赤い花。旅の感動を大きくしたものだ。

大航海時代、この港から船出した交易船。海の男たちを見送った花でもある。アメリカ大陸を発見したコロンブスやバスコ・ダ・ガマなど、多くの海の男たちが、この港で水や食料を積み、船出して行ったのである。

秋に種を蒔き、発芽も良く、畑や庭に植えた。桜やチューリップの咲き終わったあと、みかんの花の咲くころ、矢車草と一緒に草丈を長くして咲いている。

日本名は「芥子」。越年草である。

ポピーは流れるような風が好き。風が停滞するところは好まない。薄い絹のような花弁が風に揺れ、海を渡る蝶のよう。

強靭なヤシやソテツの葉が耐えられない潮風の中を、誇らしく咲く。海の男たちを支えた女性たちを象徴するような花である。

追

サッカー・ワールドカップ決勝戦。フランス対クロアチア。真夜中ラジオで夢の中。フランスの優勝を聞いた。

クロアチアのユニホーム、赤と白の格子模様。クロアチアの国旗である。街の至るところにはためいていた。日本の国旗も赤と白。なぜか感じが違う。デザインって不思議なものだ。

春雷

春の天候は気まぐれ。朝、窓を開けるとまず空をみる。山の桜も今日が満開。私の好きな桜は山桜。赤芽と緑芽、その混じりあった彩り、短い春を咲いている。ラジオでは雷、などと言っている。

今日は地域のお花見会。早朝から準備のアナウンスが聞こえている。夫は「酒飲み会だから……」と言っていつも出席しなかったので、私も眼下の花を見て過ごしてきた。

昨日、組長さんが「谷さん、僕がサービスするから出ておいで」と言ってくださったので、一人暮らしになった今、皆さんとお話をするのも悪くはないと昨夜、もち米を炊飯器にセットして朝、ぼたもちをつくった。

裏庭から下りて行くと公園。みごとに咲いた桜の花の木の下にシートが敷かれ、ご馳走が並んで、会は始まっていた。

「ぼたもちだけど……」と取りだすと「お酒を飲んでもぼたもちは食べたいんだよ……」

と、器はぐるぐる回って、あっという間にぼたもちはなくなった。「おふくろの味。こんなにでかいんだよ。食ったよなー」。花より団子である。今日は少し上品に小さく、アルミの型にいれ、あんこと胡麻と、とろろ昆布。

組長さんはとん汁係。「ハーイ、谷さんに特別……」と言ってプラスチックの器にとん汁をなみなみと注いで持って来てくれた。

青空の下で咲く桜を見て皆さんと語り、熱々のとん汁は美味だった。

先週、山形県鶴岡にいる息子のところへ旅をした。一人旅は初めてだが心配もなく、こだま、とき、いなほと乗り継いで北前船で栄えた酒田まで足をのばし、楽しい旅だった。

息子と食事をしたお店で「孟宗汁」をご馳走になった。筍と豚肉と酒粕の入ったみそ汁である。その味とそっくりのとん汁がこのお花見の会場で振る舞われている。そう、この地域には、東北出身の方が大勢いらっしゃる。それぞれのお国の味を、その時の当番の方が、故郷の味でご馳走してくださる。

昼ごはんには十分なほど頂いたので早々に引き揚げ、下の庭から枕木の階段を上ると、羽音をたてて鳥が飛び立つ。主のいなくなった庭は、鳥たちの憩いの場になっているのだ。

チューリップの花が花先をつぼめ色をつけ、赤、黄、白、赤ピンク。数日限りの花である。一時《いっとき》花の中にたたずむ心地良さ。

そんな時、急にあたりが暗くなり、ポトリポトリと大粒の雨。ガラガラドシャンと雷。慌てて軒下に入った。

私は濡れずに済んだのだけれど、宴たけなわのお花見の皆さんは、ずぶ濡れになったことだろう。魚を焼いていた人。お茶を振る舞っていた人。ビールを注ぐ人。楽しい語らいは春雷でお開きである。花ちらしの雨。突然の雷鳴は、心に残るお花見会となった。

私は窓辺の机に向かい。刻々と移り変わる春の景色を眺めた。それは毎年違うのである。

花リンドウ

午前中はとんがり帽子のようにつぼんでいたリンドウの花が、いっせいに午後の陽の光に顔を向け、開いている。鮮やかな群青色。

花を見ないと草と間違えて抜いてしまいそうな細い蔓にたくさんの花が付いている。

秋の陽が西に傾き、くぬぎ林に斜めから光が入ってくる。黄金色の光だ。

木の幹や葉の裏を透かして空に繋がる光の線。その斜めから差す光に向かって星形おちょこのような花が地面いっぱいに開いている。

家にいてもこんな光景が見られるのはラッキーな時だ。陽の光が当たらない時はとんがり帽子のようにつぼんでいて、色も周りに溶け込んでしまい、足で踏んでしまいそう。

秋の庭でリンドウ、シュウカイドウ、ノギクやオミナエシなど、自然のままの状態で咲く山野草を、私は大切にしている。

庭は山の斜面そのまま。林の中に置いただけの住まいは居心地が良い。

情景は毎日時間を追って変わる
風が木の葉をヒラヒラ落とす。リンドウの花の上にも容赦なく木の葉は降る。

それでも夕陽の方に顔を覗かせて咲く群青色の花は、何とも可愛い。

花屋で売っているリンドウと同じ花とはとうてい思えない。それに、開いたリンドウの花を見たことのない人も大勢いるのではないだろうか。

リンドウの花は、太陽の光を浴びないと開かない。毎日何回も開いたり閉じたりする。

林は里よりほんの少し長く夕陽が当たる。

リンドウの花は光のエネルギーを蓄えるように夕陽に顔を向け咲きほこる。

『野菊の墓』。伊藤左千夫著の本を何回も何回も読んで涙した青春の日。

今、秋の庭にノギクやリンドウの花を咲かせる齢七十七歳の私。

『野菊の墓』の民子さんは、もちろん開いたリンドウの花を見て
「政夫さんはリンドウの花のようだ」と言ったのだろうと私は思った。

観音滝

雨の後、水量を増した滝は勢いよく、雄々しい姿だ。初夏の陽を受け、流水は銀色に光り、しぶきをあげて滝壺に落ちていた。

「ようやく整備が終わったんだよ。皆さんに見てもらおうと思って……秋の紅葉を見込んで、もみじの木を植えたんだよ」。御山組合長さんは誇らしく話す。

私は、函南町に来てすぐ、ごみの運動をした。環境衛生課の皆さんと、水源を知る学習でここに来たことがあった。その時は、ほとんど水はなく、滝らしくなかった記憶がある。

「この滝の上には、川がないんだよ。雨が降ると山の水がここに集まって噴き出してくるんだよ」と。

駐車場も整備され、すぐ前の道路をバスが通れるように拡幅工事が始まっていた。木立キャンプ場の少し下。木立渓谷と名付けた場所、来光川がすぐ前を下っている。

「何年かかるか分からないけれど、仏の里から原生の森公園へハイキングに」という計画のようだ。

今、都会に住む人たちが、一時森や林の中に身を置くゆとりを望んでいる。そんなニュースを聞いたことがある。自然の中で子供が安全に遊べる環境があるのは、喜ばしいことだと思う。

次男は東京で働いているが、原生の森公園が好きで、休日、友達と芝生広場に来て音楽を聞きながら一日過ごしたりする。

函南町にはもう一つ不動の滝がある。高源寺に行く手前。この滝も川がない滝である。

伊豆半島が世界ジオパークに認定された。こうした滝も山の水を地中に集め、その水が地上に噴き出て来ている。地下に川があるということだ。地形は暮らしとかかわりがある。気付いて心を向け学んでみると、奥深いことがわかる。

四月二十六日、桑原の皆さんに連れて行って頂いた観音滝。自慢できる函南町の新名所になる、と思ったのだ。

エンレイソウ

スーと地面から茎を伸ばし、丸みを帯びた菱形の三枚の葉。付け根に赤褐色の花を一個付けるエンレイソウ。「今年も咲いているかしら」。期待に胸を膨らませ函南町タウンウォッチングに参加した。

最近野山に出かけることが少なくなり、原生の森公園もご無沙汰であった。誘われて、心躍らせ「行きます」と返事をした。

誘ってくださったのは、桑原へ昔嫁いでいらしたお嫁さん十数人と地域活性化委員の皆さんである。皆さんは昔からのお仲間。私だけが飛び入り参加である。

案内の杉山さんは、知りつくしている名所を説明してくださった。

「今、国道一号線から入った道、ほんの数メートルだが三島市が国土交通省に歩道の申請を出しているところ。取り下げてくれれば国道一号線からバスで林道中尾線に入り、原生の森公園、木立キャンプ場に入ることができる。今、平成三十二年をめどに協議を進めている」と。

目的の違う道と道を繋げる難しさ。お役所仕事である。大勢の皆さんが交渉してくださっているのだと……。

車は原生の森公園へ。若葉の森が目の中に飛び込んできた。ここでブルーシートを敷き、のり巻き弁当をご馳走になった。ひと休みしている間に私は林の奥に入り、エンレイソウを探した。薄暗い椿の藪の中で、木漏れ日に顔を向け、小さな花を艶葉の上に乗せ咲いていた。

「また会えましたね」「ようこそ」。声は聞こえないけれど、森の風はささやく。探さないと存在も忘れられそうな花。ずーっと昔から咲いている。それが大事なこと。この公園を開いた時、一面にエンレイソウが咲いていたと聞く。

他から持ち込んだ植物ではないので、大切に守れば復活も可能だ。

スーパー林道になっても、山の中に山野草が咲いている。こうした植物の植生も考えて、道を開いて行ってほしいと思うのだ。

躍動する春

「人の恋路を邪魔する奴は犬に食われて死んでしまえ」。そんな台詞があるけれど、私は今朝、若葉の出始めた庭の芝生の上で、トカゲの交尾を見てしまった。

夫が丹精した芝生は、新芽がツンと伸び、薄茶色と若緑のグラデーション。鉢植えのクンシランがオレンジ色の花を咲かせ、太陽の光を受けて花色を濃くしている。

ふと目をやると鉢の手前に、握りこぶしくらいの何かが絡みあった固まりがある。かがんで良く見ると、小さな蛇だんごだ。一瞬ドキッとしたが、少し離れてさらによく見ると固まりがクルンとひっくり返った。

なになに？　私は、急いで家に戻り、カメラを持って出て慌ててシャッターを切った。するとまたクルンと動いた。こうなると私の好奇心はムクムク動き出す。近くにあった長い棒で、蛇だんごをチョンとつついた。その瞬間ビョビョーンと蛇だんごが崩れた。同時に、絡み合っていた二匹のトカゲが左右に逃げた。大きいトカゲと小さいトカゲ。その時初めてトカゲの雌雄とわかったのだ。

右に逃げたトカゲは青、黒，薄黄の縞模様がはっきりしていて少し小さい。

左に逃げたトカゲは倍くらいの長さで、体半分は黒っぽく尻尾は青い縞模様。トカゲの交尾だったようである。この家に来て二十九回目の春を迎えるけれど、初めて見た光景である。

今までトカゲの雌雄も分からなかったけれど、階段の縁や石垣に張り付いて、暖を取っている姿をよく見かけていた。

素早くにょろんと動く姿にびっくり、どっきりしたものだ。今は庭の仲間、我が家のトカゲちゃんと呼んでいた。

カラスやモズの餌食になっても生き延びる生命力。繁殖は続いているようだ。

時々モズが梅の木の枝に突き刺して、干物にされているトカゲの姿を見かける。

以前、冬眠から目覚めた蛇が、下水の蓋の上でぐるぐる巻きになっていて私はびっくり。大声を出した時、夫は「爬虫類は太陽の熱で体を温めているんだ。悪さはしない」と言ったことを思い出した。

トカゲは、朝日を浴びて芝生の上で命のいとなみ？　私はこの瞬間を初めてカメラに収めた満足感。カメラの映像をリターンしてみると、なかなかグロテスクである。

太古の昔から生き延びている大先輩の生物である。

花房で覆われていたくぬぎの木が、昨日の嵐で若葉色に一変。一気に伸びた葉が風にそよいでいる。

目の前のひときわ高い棕櫚《しゅろ》の木は、先端に花房を付け、昨日よりさらに膨らんでガクがはじけそう。林は洞を下って里に続き、木々の種類によって色を変え、むくむくと膨れ上がってゆく。言葉にはできない躍動の色。

ほんの一日、一瞬の色の変化。この春色に出会えた喜び。若葉の色が、輝いて見える。

カラスの雛は甘えん坊

「カーラース　なぜ鳴くの…」。思わずこんな歌を口ずさむほど。庭続きの林でカラスの雛がアウーアウーと鳴き、親鳥に餌をねだっている。

梅雨の晴れ間、親鳥は雛に巣立ちを促し、簡単には餌をやらない。「さあ、ここまで飛んで…」。そう言っているように、アーアーと少し優しく、だんだん激しく鳴く。雛はアウーアウーと弱弱しく鳴き続ける。

カラスの巣作りは二月ころ。未だ木々の冬芽が固く、林立する木立はツンと枝を天に向けて伸ばし、林は縹渺《ひょうびょう》としているころ、木の枝に葉が生い茂ることを予測しての巣作りだ。

見通しのきく林を大きな黒い鳥が番になって木の枝に止まり、やがて巣作りが始まる。

私の窓辺から三カ所見える。番の一羽は、この林で生まれたカラスだ。このカラスはカアカアとは鳴かず、カアサン、カアサンとだみ声で鳴く。他のカラスと鳴き方が違うのでずっと気になっていた。その鳴き声で、ああ、あのカラスだと、断定できる。グフフフ……、カッカッ。その時々トーンは違うけれど、私との距離は十メートルくらい。親鳥が反すうして雛が餌を飲み込む。グググーと音まで聞こえてくる。ペンを走らせている手も止まり、林に顔を向けてしまう。

陽の光はマジック。部屋の中にいる私の目をカラスは気付かず、懸命に雛を育てている。この巣には雛が二羽いるようだ。親鳥は大変。どうも番の他に助っ人もいるようで、去年かえった子供なのか、この家族はいつも三羽だった。この雛が巣立つと五羽の家族になる。

人間には困り者のカラス。今は小鳥の雛や卵、少し小型の蛇やトカゲ、カブト虫の幼虫など、増やさず減らさずの生態系を保っているようだ。カラスは雑食。庭にはビワの実が生《な》っている。ビワは冬花が咲き、初夏に実る。

今年は、二回の大雪で良い実にならなかったけれど、カラスにもやって、私も甘酸っぱい初夏の味を楽しんでいる。

若々しいボディをしていますね

今日はどんより曇り空。庭仕事の後、温泉に行くことにした。「湯〜トピアかんなみ」のカウンターでマッサージの予約をしてから温泉に入った。

湯けむりの中では人の顔は、はっきり確認できないのをよいことに、広い洗い場で頭からつま先まで思い切りシャワーをかけ、石鹸を泡立たせ全身を洗った。家のお風呂では味わえない心地よさである。

大きな浴槽に入り、音を立てて湧き立つ湯玉の中に体を置き、手足を伸ばす。全身が開放され、心までもリラックスである。三十分後にマッサージを予約したので程よく上がり、マッサージ室に向かう。

昼も過ぎ、人はまばら。マッサージ室も客は私一人であった。

マッサージ師は優しく「どこか痛いとか不具合なところはありませんか」と聞いてくださったので「前回、肩が凝っていて、一カ月後にもう一度マッサージをすると良いですよ、と言ってくださったので……」

「はい、分かりました」とおっしゃって、まず両手両肩を丁寧にマッサージしてくださった。

温まった体はぬっくり心地よく、眠ってしまいそう。ベッドの上に浮かんでいるような開放感。背骨の一本一本を確認するようにマッサージ師の指の動きを感じながら大腿骨へ。自分の体の骨が心に描けるような四十五分間は長かったのか短かったのか。終わった後、頭蓋骨の中までもみほぐしてもらったようなすっきり感であった。

「はーい、今日はこれで終わりです。最後に肩を押して……」。マッサージ師は、大きな手を私の肩に当てながら「年齢よりずっと若々しいボディをしていらっしゃいますね。何か運動をしていらっしゃいますか」

「チンタラですが週一回ヨガの教室に通って三十年になります。あとは、ウォーキングと町の体操教室と庭仕事」

「やー、それは良いことです。時々マッサージをして体をいたわって元気でお過ごしください」と。

思えば今日まで、美人だとも、美しい体型なども、もちろん言われたことはない。この齢になって「若々しいボディ」とは。日ごろの何気ない運動の積み重ね、目には見えないところを褒めて頂いた嬉しさは、このうえもなかった。

函南町の里山に暮らし、自分で育てた野菜を食べ、人にも分け、汗を流し、土を耕し、クッキングをして食事。そんな喜びを文に書き、「ほんわかと、心が和む文だわー」と言ってもらいながら書き続ける楽しさもある。最近は探しものをすることが多くなったけれど、不足のところは補って社会と繋がった暮らしを心がけている。

髪は白くなったけれど「若々しいわねー」と言ってくださる眼差しをバネに、元気にしていたいと思うのだ。

青春のお年玉

夜、寝床に入りラジオを聞く癖がついてしまった。正月、子供たちが帰り、ラジオから流れる中村アナウンサーの声。「私からの新春福袋。題名は言いません。聞いてください」と。流れてきた歌は舟木一夫さんの「高校三年生」。眠りの中でいつしか思い出が蘇る。八重歯をのぞかせ黒い詰襟の学生服姿が脳裏に浮かんで来る。気持ちは半世紀以上昔にフラッシュバック。社会人になって初めての会社の夏休み。仲間と本栖湖へキャンプに出かけた。湖畔で歌った「高校三年生」。はちきれる若さ。キャンプファイヤーを囲み歌った青春歌。

もう寝ぼけてなんかいられない。次は「修学旅行」。二度と帰らぬ……若い僕らの修学旅行…。三曲目は「絶唱」。はかない恋、はかない命。映画にもなった。「舟木一夫さんのたくさんの歌の中から勝手に選んだ三曲、お楽しみ頂けたでしょうか。それでは次は橋幸男さん」。流れてきた曲は「いつでも夢を」。吉永小百合さんの若々しい声も、「雨の中の二人」「霧氷」と…。

「橋幸男さんのヘアスタイル〝いたこ刈り〟がブームになりましたね。一時、街行く若者が皆あのヘアスタイルに憧れた。ありましたよねー。…次回またお会いしましょう」と。あぁ、私の青春時代と思った。

今年の年賀状の中に、高校の時の先生からの年賀状があった。担任ではなかったけれど新人先生だったはず。年賀状には「文芸三島 四十号最優秀賞おめでとう」と。（昨年十二月、私は三島市の文芸誌の随筆で最優秀賞を頂いた）この賀状にはびっくりした。

高校二年生の夏休み、長野県立野沢高校に宿泊する高原教室に参加した。まだ若いお兄さん先生。小海線に乗り、先生たちとホームに飛び降りて、立ち食い蕎麦を食べた。楽しい夏だった。小諸、浅間山、美ヶ原高原など、この時の歌集が今も手元に残っている。島崎藤村の本を手当たりしだい読んでいたころでもあった。

先生と話したことはなかったと思うけれど、先生は一人一人生徒のことを良く知っていたのだろう。その後も教員生活を続けられ、近隣の高校の校長先生もなさった。時々お見かけしたこともあったけれど、私が誰なのか知らないと思っていた。

先生たちは、私が授業中、机の中に隠して本を読んでいたことを知っていたはず。他の先生たちも叱らずに見逃してくださった。

あの頃読みたくて、読みたくて、こっそり読んだ本の文面が今になって鮮明に脳裏に浮かんで来る。思えば青春の一刻。どんな時も切り捨てることのできない言葉の海の中に、とっぷりと浸かっていた時だった。

私は今年、二つの嬉しいお年玉を頂いた。良い眠りを心がけ、歳をかさねても、気負わずに文を書いて行こうと思った。

高原の風に吹かれて

高校二年生の夏のことだった。長野県野沢高校に泊まる「高原教室」の募集があった。その案内書を母に見せると「行きたいの」と聞いたので「ウン」と答えた。費用は三千円くらいだったと思う。高卒の初任給が七千円くらいのころである。

母は「行っておいで」とお金を封筒に入れ差し出した。長兄も「行ってこい」と言った。五歳上の姉は「私は行けなかったのに……」と不満顔であった。

私は、隣村の友人の家に走って行き「行ってもいいって……」と伝えると、友人のお母さんが出てきて「良かったじゃない。二人で参加できて……」と喜んでくださった。総勢五十人くらいだったろうか。

東海道線、身延線、中央線、小海線と乗り継いで、宿泊は野沢菜漬けで知られる山合の高校だ。板の間で毛布にくるまって寝たのだ。

大きなリュックサックを背負って沼津駅から東海道線に乗り富士駅へ、甲府までは身延線。蒸気機関車だった。トンネルに入ると窓を閉める。それでもススが入ってきた。甲府から中央線。小淵沢駅で下車。そこから小海線、高原列車の旅である。日本で一番高地を走る列車だ。ゆっくり、ゆっくり、登りである。

停車駅毎にそば屋があって三十円（だったと思う）。食べて飛び乗る楽しさを事前の説明会で教えられていたので、交代でそのスリルを楽しんだ。今だとたぶん「危ない」と言ってOKにはならないのでは……。

若い先生たちと生徒。それは楽しい旅だった。空は抜けるように青く、木立のトンネルの中を列車は走る。開けた所は一面のソバ畑。白い花が咲き乱れ、絵本の世界に舞い降りたような気持ちであった。

四十年後、夫と「信州ぶらり旅」と称して再びこの列車に乗った時、このソバ畑は一面のレタス畑と変わっていた。それは、日本中の人が食べるレタスを、ここで育てているのかと思うほど、行けども行けどもレタス畑であった。たぶん佐久駅で下車したはずだ。

野沢高校は、海浜教室で私たちの高校との交換教室であった。

浅間山は活火山。高く煙を上げ、鬼押出しは溶岩の原。麓の牧場で、搾りたての濃厚な牛乳を飲んだ。まさしく高原の味。美味だった。

小諸懐古園は古城公園。島崎藤村の歌碑があり、高台から千曲川の流れを眺めながら、皆で「千曲川旅情の歌」を合唱した。乙女の歌声は谷にこだました。

小諸なる古城のほとり
雲白く遊子悲しむ
緑なすはこべは萌えず
若草も籍《し》くによしなし
しろがねの衾の岡辺
日に溶けて淡雪流る

何泊したのかは定かではないが、美ヶ原高原へはバスで行き、高原の風を受け「美しの塔」の鐘を鳴らし、草原を歩いた。その情景は一幅の絵のように今も脳裏に残っている。
最後に買った青リンゴ、リュックサックの一番上に乗せ、紐を掛けている時、先生は私の気持ちを見透かして、にんまりして見ていた。「まだ上げ初めし前髪の、林檎のもとに見えし時……」。私は心の中でつぶやいた。

私のグループのリーダー洋子さん（三年生）は、卒業して引率の先生と結婚した。

今、私は歳をかさね、町の生涯学習塾でエッセイ教室を開いている。生徒の一人が「先生、私、長野県野沢高校卒業なんです。私、N高校での海浜教室に参加したんです」と言う。清里から娘さんの住む静岡に来られたと……。

彼女から今の高原の町の話を聞き、私の青春の思い出がよみがえったのである。今は、小海線の沿線は秋になるとコスモスの原になり、多くのファンが三度、高原の町を訪ねているとか。魅力ある田舎であると。

昨年、久しぶりに杜陰同窓会に出席した。

二千人くらいの校歌の合唱後、現在の高校の校長先生が「いつもと違う校歌を聞いた」とおっしゃった。「今は男女共学になり、男性のためにキーを下げて歌っている。実に美しい歌声でありました」と……。

廣中さんの「月の沙漠」を読んで

時々口ずさむ「月の砂漠」。インターネットで調べてみると電子音で曲も流れてきて、懐かしく聴き入ってしまった。

私は、月夜の砂漠を旅する王子様、お姫様、そんな姿を連想して歌っていたようだがこの歌詞が書かれたのは一九二三年。「月の沙漠」なのだ。月着陸も夢の世界だったころの歌である。

私は夫の退職を待って、何もかも放りだして二人でイタリア旅行をした。その時、ローマの名所大聖堂や広場に立つオベリスク（天空のピラミット）に魅せられたのだ。オベリスクは、ローマ軍がエジプトを支配した時、奪ってきたものと知った。この長い石の固まりを、海の向こうからどうやって運んだのだろうか。そこに刻まれた古代文字が何であるか、そんな疑問を残して次の旅はエジプトと二人で決めた。

翌年十一月、成田空港からカイロまで。エジプト航空直行便。十三時間。飛行機の中の狭い空間は耐え難い時間だった。翼の上に滑稽な赤顔のホルス神（天空を司る神・オシリスとイシスの息子）に勇気づけられ、やがて日没。機内アナウンスがあった「イスラムの皆様、ただいま日没でございます」と。窓から見える真っ赤な太陽。まるで金環たまごのよう。こんな夕陽夕空を見たのは初めてである。暗い空と地球の丸さの縁に太陽が沈んでゆく。神々しい情景であった。

それはちょうどラマダンの時期、断食の期間なのだ。

到着三十分前になると、機長のアナウンスが「カイロ空港はいつになく雨が降った」と言う。乾いた大地は雨もニュースである。

現地時間夜十時、カイロ空港に到着した。タラップを下りるとアロマの香りがした。「眠らない都」というカイロ空港は、人や車であふれていた。税関を通過、人の波に押されてようやくバスに乗った時、すぐ目の前の広場にそびえるオベリスク。エジプトで一番古いオベリスクとのことだった。

暗い黄色い明かりの中にボーっと立つオベリスクを見て感慨を覚えた。

車列は、渋滞なんてものではない。横入りしてくる車がバンパーをドンドンと音をたててぶつけ割り込んでくる。びっくりしていると「バンパーはぶつける物だ」とガイドは言った。どの車もバンパーはボコボコにゆがんでいた。

ようやくバスは広い道路に出た。そこは夢に見たエジプト。ヤシの並木道。バスの前面には大きな満月が輝いていた。遠くにボーっとピラミッドが見える。私は、思わず日本の小学唱歌「月の沙漠」が脳裏に浮かんだ。

ガイドが「皆さんようこそエジプトへ。ちょうど二時間前、雨が降ったんです。いつもはよどんだ空気なんですが、雨がチリやほこりを洗い流してこの満天の月明かり。カイロでは滅多にない澄んだ夜空。皆さんを最高の夜景でお迎えできて嬉しいです」と言った。

一八〇度の夜景は、子供の頃読んだアラビアンナイトの人々が浮かんできて、疲れなどどこへやら……。

やがてバスは砂漠の中に立つ三大ピラミッドのすぐ前のホテルに到着した。ホテルの庭のようなところにクフ王、カフラー王、メンカウラー王のピラミットがそびえている。パンフレットに「ピラミットの見えるお部屋に二連泊」と書いてあったけれど、ズドンと私の心を打つような、それはびっくりした。

どの部屋にもバルコニーが付いている。飛行機の中とは打って変わってリラックス。夫とピラミッドの夜景に見とれていたものだ。

スエズ運河の開通式の時、各国からの来賓をもてなす迎賓館として利用された五つ星ホテルだった。

玄関前で焚き火をして大声で話をしている人たちは、これから到着する客の荷物を待っている。ポーターたちはターバンを巻き、髭を生やし、すとんと体の入るグレーの衣服を着ている。逞しい男性である。

翌日、すぐ前と思っていたピラミッドの丘ははるか遠いところ。毎日チケットの枚数が決まっていて、ホテルではポーターが並んで客のチケットを求めるのだそうだ。

個人で旅をしている日本人に会い、もう三日並んでいる、と言っていた。観光バスは政府が管理。必ず銃を持った兵士が一番前に乗り、ガイドも緊張感を持って私たちを案内してくださった。


小学唱歌「月の沙漠」は加藤まさを作詩。場所は千葉県の御宿海岸の風景からの作詩であったと。

私は、王子様、お姫様と旅のラクダで地球上の砂漠と思い込んで歌を歌っていたようだ。タイトルは「月の沙漠」で、夢のおはなし。
しかし、エジプト到着時の空の月は、ひときわ大きく、アラビアンナイトの夢物語
再び、私の心をとりこにした。
オベリスクの切りだし場、ヒエログリフの解読、王家の谷の墓の装飾、その解明に
心躍る旅であった。
夕刻、スフィンクス宮殿の後ろから差す夕日は、あたり一面黄金に染めた。
太陽がこんなに美しく輝いて沈んでゆく。明日の朝、東から復活する。再生復活の
祈りの中でエジプトの人々の暮らしがあるのだと実感したのだ。

手塩にかけて

もう朝日は高く昇って、陽の光はリビングルームの奥の方まで届いている。いつものように窓を開け、眼下に続く林を眺め、朝食をとる。テレビでは「おふくろの味ナンバーワンは肉ジャガだってー、あれ嘘だよ。何と言っても味噌汁と漬物だよ。朝、床の中で聞く俎（まないた）と包丁の音。炊き上がったご飯と味噌汁の香り。もう寝てなんかいられなかったね」。あるタレントが画面の中で話している。

今日は彼岸の中日だ。二人の姪とお墓参りに行く。毎年、春の彼岸は仙台まで行かず、私の里のお墓参りに行くのが常であった。この季節、家を守っている兄夫婦は、出荷し残した最後の白菜を、私のために畑に残してくれていた。霜枯れた葉先がパックリ割れ、今にも花が飛び出しそうな白菜だ。この白菜漬けが私の好物と知っているからだ。

今は亡き母が一家の柱だったころ、春先の忙しい仕事の合間、耕運機で土に混ぜ込んでしまう直前の白菜を集めて、井戸水でザブザブ洗い、半日、日に干して大きな樽に漬け込んだ。そんな母の手先を見ながら伝授されたこの白菜漬け。この季節、どうしても食べたい漬物である。

「和子は姉ちゃんたちのように競い合って、一番になれなくてもいいよ。負けることを知っている子だから……」。母は私の不勉強を叱らなかった。

手際よく漬け込んでゆく母の手を見つめ、塩を差し出し、唐辛子をふる。隙間なく樽に詰め込まれてゆく白菜。真っ白い葉。薹《とう》は長く伸び、薄黄色い花の蕾がかっちりと固まった白菜だ。落とし蓋をして重石を乗せ、三日目には水が上がり、もう一度漬けかえる。

木の樽に染みこんだ漬物菌と塩と唐辛子だけの白菜漬け。お店には出回らない、育てた人だけが味わう春の漬物だ。お彼岸のぼたもちと一緒に食す。これが絶品である。

「こんにちは」。兄夫婦は夏野菜の苗を育てるビニールハウスの中にいた。

「オー、来たか。もうやめようと思ったけど、今年も種を播いたよ」。体の衰えを自覚しても、自分の手で植物の生長する様子を見つめるワクワク感。手放すことは出来ないようであった。

父が早く死んだため、十九歳で家督を継いだ兄。決して楽な暮らしではなかったけれど、家長として私たちにひもじい思いをさせなかった。

生家には味噌舎という小屋があった。味噌、醤油、沢庵や梅干し、漬物樽が並んでいた。天井にはレールがあって、大きな重石を吊り上げることができた。テコの応用である。

漬物を取り出す時は、樽に並べてある順に取り出さないと、落とし蓋がしっかり納まらない。適当に横から引き抜くと、次に出す人に見破られてしまう。

味噌舎の壁の材木は、三角の部材を横に組んであって、ちらちらと外の光が見える部屋だった。

父からは、ほんの少しの間だったけれど、暖かい眼差しをもらった。

母からは、勝つことだけでなく負けてもくじけないことと、つつましい暮らしのすべを伝授された。言葉遣いはもとより、里に伝わる伝統の味、本物の味を教えてもらった。

この日私は、二人の姪とお墓参りをして、畑の白菜を自分で刈り取って家に持ち帰り漬け込んだ。そして友人にも白菜漬けを分けた。「美味しかった。薹立ちの白菜がこんなに美味なんて……ご馳走さま」。そんな言葉が返ってきた。

冷蔵庫のない時代、家族を支え、田畑の仕事を生業にした我が母。手塩にかけて……。

私は、母や兄嫁がするように、漬物は樽から出してすぐ食卓へ。今でもその美味しさの秘訣を守っている。

山菜天ぷら蕎麦

町の生涯学習塾で二年（二回）エッセイ教室を開き、そこで勉強した生徒が、次年度も自主サークルとして研さんを重ねている。その中の一人が、以前から書いていた文をまとめ、約六カ月かけて本を作り静岡新聞社から自費出版をした。

完成した本を一番先に私に下さったのだ。

『ほのかな山の香り』は、七十六歳のオールドボーイが仕事の合間に友人と共有した登山や山スキー、家族の絆などを綴ったものだ。

私は、彼が原稿を持って来た時「一冊の本にするといいわね」と言った。すると彼は「そうできたらやってみたい」と言った。

私は彼の原稿をある程度補足や修正を手伝い、出版社を紹介し、彼自身が依頼をした。

彼は、担当と何回もやり取りを重ね、三回の校正をし、タイトルを決め、苦しみながら楽しみながら初めての自分の本を完成させたのだ。

書きっぷりよく。楽しく。あふれるバイタリティー。費用に勝る喜びを味わったに違いない。

三月二十五日、本屋の店頭に並んだ本を確認した時、私は、自分の出版とは別の達成感と喜びを味わったのだ。

彼は、現役時代バリバリのエンジニアだった。登山や山スキーが好きでヒマラヤやマナスル・トレッキングもするような山男である。「自分の生きた証しを残したい……」と書いて、第一集とした。

リタイアして三年目、私のエッセイ教室を受講。文を書き、一冊の冊子にするまでの勉強をした。その後、文を書く仲間と研さんを重ね、自主活動をしている。

その彼が、蕎麦打ちも勉強して今日、お仲間と蕎麦を打ったと言って、私の所に届けてくれた。満面の笑顔。現役で仕事をしていた頃には見せなかった自由人の輝きである。

その日、良い天気なので、庭に出て林の中を歩いていると、堆積した落ち葉の中から、野蒜《のびる》がみずみずしい若葉を長く伸ばしていた。私は思わず「ああ春…」と、その場にかがんで落ち葉をかき分け、野蒜の根元を持ち、そっと引っ張ると、スーと球根まで抜けた。茎の太いものを次から次へ……。

あっという間に一握り。わくわくしながら外流しで丁寧に洗い、根を切り、今晩は酢味噌和えと決めた。

その時、蕎麦が届いたのだ。私は手に持っていた野蒜をそのまま彼に差し上げてしまった。

私はまた林の中で野蒜を抜き、天ぷらと酢味噌和えを作った。

山菜天ぷら蕎麦。大皿に山盛り。あふれる香りと味。目に見える味を喜び、その達成感を味わったのだ。

ねぎぬた

ねぎぬたを作った。菜箸でひとつまみ、手のひらにのせ口に運ぶ。ぬらりとした食感が舌の上でころがる。わけぎの甘さと白みそが合わさり、ほのかな春の味と香り。美味である。

九月に、一粒ずつわけぎの球根を畑に植えた。分げつして十本くらいの株に成長。緑鮮やかな葉が食べ頃を伝えている。

一株抜いて、水でザブザブ洗い、根を切って湯にくぐらせた。俎の上で冷まして半分に切り、きゅっと搾り五センチくらいに切り、酢味噌に砂糖を加えわけぎを和える。

いたってシンプルな料理である。

このわけぎ、おいしいうちに皆さんに差し上げようと思い立ち、また庭に出て何株か抜き、洗って根を切り、三束持って外に出る。

家の階段を上ると、ちょうどそこに西岡さんのご主人が林の中をのぞいていた。

「何か見えるの、西岡さん」と、声をかけると、びっくり顔。私が「ねぎぬたはお好き」と聞くと「好きだよ」「これわけぎなの、今晩奥様にねぎぬた作ってもらって」「おー、いいの」「ええ、今私、味見したの。なかなかの味だったから」「やー、もらうよ。今晩の酒の肴。いいねー」。嬉しそうに早足で帰って行った。

そして杉山さんのところへ。チャイムを鳴らすとご主人が出てきて「おー、いいわけぎだ。酢味噌和え、嬉しいね。今日はね、タイ釣りに行ったんだけど0匹だったんだよ。今、ガックリしていたところ。今晩は、ねぎぬたでビールだね。僕は自分で作るよ」と言った。

奥様は留守だった。

私は「明日、お味を聞かせてね」と言って家に向かう途中に、犬のシロと渡辺さんの奥さんに出会う。「渡辺さん、ねぎぬたお好き」と聞くと「お父さんが大好き」と答える。

「そー、そうしたら作ってやって」と一束差し上げる。どこもご主人がお好きのようだ。最近、ねぎぬたを作ろうと思う人が少なくなったようだ。かつて料理屋さんや宴会で味わったご主人たちは、その味を覚えている。

私は子供のころ、雛まつりのご馳走の中に、貝が入ったねぎぬたがあった。忘れられない春の味である。

西岡さんのお宅は、組の端の方の家だ。最近奥様と顔を合わせていない。夜、奥様から電話である。「今、夫はお風呂に入っているのだけれど『分かったね。このねぎでねぎぬただよ』と念を押すのよ。相変わらず畑仕事しているのね。こんなピンピンのねぎ、滅多にお目にかからないわよ。しかも綺麗にして」

「わけぎって言うの。今が食べ頃だから、お宅の味でどうぞ」と私は言う。

殿方は、意外と素朴な味が好きなんだ。

私は、お酒を飲まないけれど、一人夕食の一品に。この春の味を、近所の皆さんと分かち合ったのだ。

豆カレーを作る

畑で育てたツタンカーメン豆（グリーンピース）。莢《さや》の色は濃い紫。エジプトのファラオ・ツタンカーメン王の墳墓から出土したというエンドウ豆。三千年の眠りから覚めて発芽したという。この豆で作るカレーが美味である。

友人から種を頂き、毎年自分で種を残し作り続けている。もう十年以上になる環境の変化にも強く、育て続けられる種のようである。花の色は赤ピンク。日本の在来種は白い花である。ツタンカーメン豆は莢の色が濃い紫。中の豆は緑。それがどっさり生るのである。

一番採りは友人にも分けて豆ご飯。次は軽く茹でて冷凍にした。そして今日は豆カレー。インド式。新玉ねぎたっぷりに、新ニンニクを刻み、豆は2カップ。鶏肉を油でゆっくり炒め、ガラムマサラを入れ、水を入れて煮る。スパイスの香りを部屋中にふりまいて、豆たっぷりのカレーだ。

戦後の食糧難を過ごした子供時代。エンドウ豆といったらお祭りの縁日で三角形に折った紙袋に三さじくらい塩味のエンドウ豆を入れてもらい、一粒ずつ大切に食べた思い出がある。ほのかな自然の甘味……。エンドウ豆を味わう時、いつもあの子供時代がよみがえる。

自分で育てた豆で一人分のカレーを作る。ツタンカーメン豆は蔓があり、支柱を立てて育てる。

亡き夫は畑仕事もきちっとこなし、しっかりした支柱を立てた。多少の風では倒れなかった。私は力もなく、背も低いので支柱は緩みがち。今年二回の台風でヨロヨロに。やっと立っている始末。それでもツタンカーメン豆は支柱にからまって上へ上へと伸び上がる。その生命力は半端ではない。

畑仕事を始めたのは平成元年。函南町に来てからである。すべてが自給自足ではないけれど、食べ物を自分で作る楽しさ、生長するプロセスも味わうのである。これが私の体の血となり肉となり力となってゆく。時々、天変地異に身震いしても、収穫は近所の皆さんにも分けて楽しんでいる。

私はカレーを箸で食べる。良く噛んで味わって食べるためだ。三島の友人は「そんな食べ方はケチな食べ方だ。カレーはスプーンで豪快に腹の中に入れる食べ物だ」と言う。どちらでもおいしく食べるのが良し。

インドを旅した時、十日間、三食カレーだった。それが全部違った味。豊富なスパイスで美味だった。街にはてんこ盛りのスパイスが売られ、色も種類も豊富であった。

飛行機を降りて、空港のターミナルに入った時からカレースパイスの香りがした。これがインドの香りだと。アロマの香りと共に体感したのだ。肉を使わないベジタブルカレー、これも美味だった。街行く人の体型はスマート。女性のサリー姿の美しさは、食と共に魅せられたことだった。結局私は二人分のカレーを作り、二回に分けて食べた。

葉玉ねぎ

玉ねぎを作り始めて三年目、十二月に追肥をした。春の彼岸を過ぎた頃、根元が膨らみ始め、茎も太くなり、濃緑の葉は勢力的だ。

二回の失敗で作り方をしっかり学び、畑の見回りもした。なかなかの出来具合である。

そんなある朝、テレビで「葉玉ねぎ」の収穫場面が放映された。葉と白い玉と両方を食べるように、との出荷作業であった。

「一本一本、葉を折らずに、丁寧に」と言っている。そのしぐさは愛情たっぷり。

それではと、私の玉ねぎも一本抜いてみた。握りこぶしくらいに膨らんだ、白い玉の部分は、スライスして生でサラダにした。これはパリパリで美味。辛みはなく、甘いのである。

これぞ王様である。作った人だけが味わう新鮮玉ねぎである。葉と茎は、肉とこんにゃくと椎茸を入れて、薄味で煮た。柔らかくトロミがあって、これまた絶品。

葉玉ねぎは丸ごと一本食べてしまった。

「こんな美味しい物……」と、レシピ付きで人にも分けた。カメラにも収めた。喜びは作り出すもの。そして分かち合うもの。

生まれ育った家は農家で、玉ねぎは六月頃に収穫した。良い物は市場に出荷し、残りは家庭用として束ねて軒下に吊るし保存した。

十二月頃になり玉ねぎが芽を出すと裏庭に植え、春先に汁の具などにして食したことを覚えている。玉ねぎの収穫は、茎が折れ曲がった頃の天気の良い日に畑で少し乾かしてから軒下に入れ、保存用にする。

家を離れた時から兄嫁は、出荷しない小さな玉ねぎを袋に入れ、私用に取り置きしてくれていた。もう長いこと…。

そんな兄夫婦も三年前他界してしまった。ようやく私は、自分で玉ねぎを育てたのだ。

そう簡単ではない。二年失敗して、今年なんとか大きく育っている。

収穫まで一カ月以上ある。葉玉ねぎは美味しいけれど、保存する玉ねぎも残さなくては…。

農家の仕事を見て育った。「蛙の子はやはり、蛙」である。自分で育ててみて、葉も良し。茎も良し。根も良し。どれも味わい深いものだと知ったのだ。

明日への言葉

朝四時、窓の外が少し白んできた頃、新聞配達員さんのバイクの音で目が覚める。ラジオのスイッチを入れると「明日への言葉」。多くの方々のトークを聞く時間である。

最近心に留まったのは澤地久枝さんのトークだった。戦後七十年の節目の年。澤地さんは憲法九条を熱くかたる。

「日本は不戦の誓いをした。敗戦後一人の戦死者も出していない。このことを貫くように」。切々と語る八十五歳。

戦争という国家の存亡の中で、歯を食いしばって、日本女性として苦汁をかみしめながら生き、文を書き続けてこられた女性だ。

事実をありのままに、とことん調べ、自分の言葉で文を書き続けたノンフィクション作家である。

普通の人だったらくじけてしまいそうな病との闘い、その気力、精神力。

私は窓の外が明けていく様を感じながら、彼女の語り口に引き込まれていく。人は、気というものがどんな医学よりも生きる力になると感じながら……。

　私の脳の中はすっかり目覚め、一番フレッシュな時間だ。

「厚生省（当時）は正確な戦死者数を把握していない。概数でくくられてしまうのはひどい。引き揚げとか、開拓団といっても皆違う。それぞれの生を生きている。明日どうなるのか分からない時に、日本国憲法が施行された。憲法が言論の自由も、文化的生活も保障するといってくれた。女性は参政権を得て、結婚も自由になった。それまで経験したことのない開放感を得たのだ。

　戦後一人の戦死者も出さなかったことは誇りに思っていいことだと思いますよ。私は希望を捨てません。世の中の変わることを知っていますから。

　私が若いころは、結婚して子供を持てば職場にはいられないというのは常識だった。今は当たり前に働いている。みんな頑張って変えていったんです。

　今、若い人たち同士が交流し、声をあげている。私たちは頑張らなければいけないと思います」。

力強い言葉だ。私たちの未来は明るいと思った。

「私が追い続けているのは『戦争の昭和』です。戦争が人々にどんな生活を強い、人々がどんなふうに死んでいったか。

今、はっきりと言えるのは、終戦の時『神風は吹かなかった』としか思えなかった。『その恥』が起点となっている。

ミッドウェイ海戦の死者数を国は把握していない。約三千五百人や四千人としか書かれていない。概算でくくられてしまうのはひどい」と。

あの時代を、必死に内地を守った人々が重い口を少しずつ開き、戦後を語る。

ここで放送が終わる。時計は、五時。窓の外は輝く夏の朝。「毎朝ラジオ」が始まる。私が生まれたのはこの暑い夏。昭和十七年八月一日。戦争の最中である。

母が私を身ごもったのを知った時、昭和十六年十二月、日本は米国との戦争に突入したのである。両親は私の未来を憂いていたことだろう。今思うと、父親がどの兄弟よりも私の生にこだわったのは、その夜のことを思うからだと知った。

澤地さんの力強い言葉を聞き、私の両親も「我が子を守りたい」、そう願ったのは、胎教でもあった。生まれた子供は女の子。
私は今、齢七十六歳。両親、家族、私を取り巻く人々が、たくさんのドラマの中で
生きていることを心に置きたいと思う。

生きとし生けるもの

ふと顔を上げると、窓のすぐ横の甘夏みかんの木の枝で、アゲハ蝶の羽化が始まっている。こうして机を前に椅子に座り、部屋の中に居ながらにして見る自然界のドラマ。それは、息を呑むような、蝶の胎動を感じながらの情景であった。

私は、甘夏みかんの木で若葉をむさぼる幼虫を見つけると、恐ろしいというか、鳥肌がたつ思いだった。ある時、テレビの映像で羽化の様子を見た時、「一度自然の中で見てみたいものだ」と、思うようになった。

夏、いろいろな模様の蝶が庭にやって来て葉裏に卵を産みつける。そして幼虫になり、若葉をむさぼるように食べる。私が気づく頃には幼虫は太い緑色になり、黒い触角を持ち、波打つように体の皺を動かしながら旺盛な食欲を見せている。若葉は、まともな葉がないほど筋だけになってゆく。

それでも翌年、その枝にも花が咲き実をつける。その後幼虫がどうなったかって……知る由もなく毎年過ぎていった。

今、ペンを走らせていて窓の外へ目をやると、何やら塊がピクリと動いた。老眼鏡を外してよく見ると、ピクピク……ピクピク……目を凝らしてガラス窓に顔をつけて、さらによく見ると、さなぎの背が割れ、ググーともがく。蝶の羽化である。私は窓内でじっと見続ける。

やがてグーンと頭を持ち上げて反り上がり、ひっくり返るようにして最後に尾が出る。

これも地球の引力なのか……と。

やがて畳まれた羽が、仕掛けをほぐすようにゆっくり開いてゆく。日本の扇も、こんな様子を見て考案されたのではと思ったほどだ。

幼虫からさなぎに……そして羽化。まさに今、蝶になったのだ。「どうか鳥が来ませんように」。手に汗にぎり応援する。それはほんの三十分ほどの出来事だった。

私が力を抜き、ほっとした時、蝶は枝先まで動き、やがて飛び立っていった。その蝶は、黒い羽に白い模様を描き、紅色のフリルを付けていた。

「生きとし生けるもの……」という言葉は知っていたけれど、この時ほど蝶と一体感を持ったことはなかった。

その感動はじんわりと、後になって写真を写す余裕すらなかったことに気づいたのだ。

　今は初夏。蝶が飛ばなくなった冬、卵はどうやって越冬するのだろうと、昆虫大好きな眼科の先生に伺ってみた。「うん、幼虫が決めることなんだけれど越冬は、植木鉢の縁や窪み、軒下など、繭のような糸でさなぎを包んで越冬するんだよ」と、教えてくださった。

　先生は蝶や鳥の話になると万年少年。温室で蝶を羽化させ標本を作っている。月に一回の検診時には、患者さんを待たせても蝶や鳥の話をしてくださる。こんな時も先生は、私の目の状態をしっかり観察しているのだ。

　花の蜜を吸い、鳥のように何千キロと海を渡る蝶もあるとか……。

蝶よ 花よ 幼虫よ

動物や昆虫、そして人間は、二つの性があり、そのどちらかを一度しか生きられない。

私は女性。だから男性を生きることはできない。ずっとそう思ってきた。

しかし、一つの個体で、左右が雌雄になっている蝶の標本を見た。その蝶は、左右の羽の模様も大きさも色も違うのである。

標本の蝶は、額の中に入っていたけれど、色彩も鮮やか。特に雄部分の羽がカラフルで雌部分の方が大きかった。

私のお世話になっている眼科の先生のコレクションで、約十万頭の昆虫が防虫処理をして額の中に収められ、その大半が蝶であった。

一つの額に十〜三十頭、きちんと並んでいる。ほとんど同一種類の雌雄が入っている。

総額一億円相当だそうだ。眼科医院・開院三十周年を記念して「夏休み昆虫展」と題して地域の皆さんに収集品を見せてくださった。

展示をするだけでも相当の費用と人力が必要。壊さないように特製の枠を組んだ装置だった。

先生は、子供の頃から昆虫大好き少年で、大人になってもその道に進むつもりで勉学をしてきたのだが、ひょんなことから医者の家の婿養子となり、それから医学を学び眼科医になったそうだ。秀でるものは一つにあらず。幼い時に培った集中力は、何に対しても繋がるものがあるようだ。まして愛のためなら……。奥様の協力も大である。

私が会場を訪ねると、先生は「すごい物もあるんだよ」とおっしゃる。その目は少年になっている。中間の展示場まで私を案内してくださり「これこれ。一頭で雌雄同一体なんだよ」。何としても私に見せたかったようである。

この昆虫は、全部自然界で採集したものではなく、羽化させたものがほとんどとか……。なるほど羽の傷みはなく、本物？と首をかしげるほど美しいのである。

「蝶よ花よ」といわれるように、神様は蝶をこのように美しく装わせた。その顔や触角や羽は、人間のように一羽一羽違うのだろうか。

私の目ではまったく区別はつかない。

そして蝶は、自然界で食する草花をどうして見分けることができるのだろうかと……。

「アゲハ蝶は、柑橘類の葉を調べるために、葉にカギのようなものを突き刺し、香りセンサーで確かめているとか」

私は会期中、三回も会場に足を運んだ。先生はランの花も育てている。アフリカの奥地へ原種のランを求め、旅をする。その時の様子をエッセイに書かれ、掲載紙を私にくださった。「私の文を新聞で読んだ」とも言ってくださった。

風貌はアインシュタインのようであり、イケメンではない。しかし、私の文の中の昆虫や鳥や動物の話に目を細めて「いいねー」と応援してくださる。

それからも時々、受付で「先生がこの冊子を谷さんに…」と手渡してくださる。

蛇に出会って

日差しが傾いた頃散歩に出て蛇に出会った。畑道に葛の蔓が絵を描いたように伸び出し、なかなかのアート。その絡みあった模様の中に、見間違えてしまいそうに並んで、くねくね型の蛇が一匹。三角形の頭に目玉。アスファルトにぴたっとへばり付いている。一瞬、足を止める。「死んでるのー」と……。

その形は、葛の蔓を真似て「葛隠れの術」といったところ。そのとき、蛇の目玉がクリッとうごいた。蛇の体型も葛の蔓に似て細身だ。赤ピンクの葛の花がむせるような香気を放ち、虫が羽音をたてている。

アスファルトは、太陽の熱で温まっている。

「爬虫類は、体温を温めないと動きだせないんだよ」と、いつか夫が言っていた。葛の花に寄ってくる虫を待っているのか、ポーズを取っているのか、のんびり変身の術を楽しんでいるようでもある。私は少し離れて観察をする。

なかなか可愛いい感じ。笑える形である。私が葛の蔓を踏みつけるように歩いていたら蛇を踏んでいたかもしれない。そんな時は、蛇も私の足にかみついたかもしれない。

　こうなったら蛇も「動けない術」。ちょっと悪戯をしてみたかったけれど、もしものことが起こったら大変。苦笑して通り過ぎた。カメラを持っていなかったのは残念だった。

　蛇は、私を見て怖いと思っただろうか。体は自分より遥かに大きい。飛び出た目玉をクリクリッと動かしただけ。これはどうにもならない術。ひたすら葛の蔓に変身して動かない。なかなかの知恵。あの小さな頭で考えた行動だったら素晴らしい。

　帰りにもう一度この道を通ってみたけれど蛇の姿はなかった。


　数年前、庭にある下水のマンホールの蓋の上に、その円形に似てぐるぐるとぐろを巻いた青大将がいてびっくり。大声を出した時、夫は「慌てるな、今、穴から出てきたばかりで体を温めないと動きだせないんだよ。踏みつぶさなければ襲ってはこないから」。落ち着いていた。それは、少年時代、遊びの中で覚えたことなんだろう。

　庭で草に覆われた藪の中をゴソゴソ歩いていても畑仕事をしていても、最近蛇に出会ったことがない。道路で葛の蔓に変身していた蛇は、私が今年初めて出会った蛇だった。

「ああ、まだいたんだ」と、安心感もあった。

絶世の美女、エジプト最後のファラオ、クレオパトラは、その命を蛇に噛ませて断ったという。エジプト旅行の時、カイロ博物館で見たツタンカーメン王の黄金のマスクの頭上にもコブラがいた。

古代宮殿の壁や門にも、たくさんの蛇が描かれていたことを思い出す。

強いものの象徴だろうか。賢い動物なんだろう、きっと……。

パソコンは雨だれだけど

外は雪。窓枠の中にスッポリ入った棕櫚《しゅろ》の木。広がる大きな葉の上に雪が積もってゆく。

みるみるうちに積み重なって、庭も林も一変の雪景色。木々の枝先まで真っ白に装って、御伽噺《おとぎばなし》の中に引き込まれていくような……。枯れ木に花とはこんなこと……。

部屋を温めてその情景に見入っている。

息子は今日、山形から週末の帰省で、まず私の所に立ち寄り、連れ合いの待つ横浜に行くと言ってきている。私はテレビのスイッチを入れ、飛行機の発着状況を確認する。すると電話が鳴る。「僕だけど、今函南駅。タクシー待ちだけど……」と息子の声。

今朝庄内空港を発ち、十一時には函南駅にいる。その距離を感じさせない現代の交通の早さである。彼は今、単身で山形の工場に行っているのだ。夫が亡くなってから、私のことも何かと気遣い、時々訪ねてくれる。「こんな寒い日に……」と思うのだが、何か溌剌《はつらつ》としている。その姿は頼もしい。

お昼は温かい大根煮と五目おこわと鶏の唐揚げ。そして苺を頬張る。夫が使っていたパソコンを私が練習すると言ったので、それを見てくれるために立ち寄ったのだ。

文章は鉛筆と消しゴムで、ずっとそうしてきたのだが、今年の「エッセイ実践教室」は、元ビジネスマンの方が五人。どうしてもパソコンで……とおっしゃるので否定せず、それぞれの方法で進めてきた。来期もきっとそうした要望があるだろうから……私もパソコン操作が出来ないと、と思い次年度、五月までに少しでもパソコンが使えるように、今奮闘中である。一日に二時間くらい練習にあてて二週間になる。

息子は、止めてあった夫のメール通信を回復させ、私のアドレスを入れ、通信が出来るように設定してくれた。ちょうどその時、電話が入り、受話器を持ってパソコンの先生と初メールをする。見ている間に返信。「これでOKだ。お母さんやってみる……」。わかったかどうか、とにかく繋がった。文章を打ったものを五枚ほど見せたら「マー、ぼちぼちやってくださいね」なんて言われてしまった。打ちこみは雨だれのようにポツリポツリ。

時計を見ると三時、雪はますます降り積もる。帰れなくなるからと慌ててタクシーを頼むと、「申し訳ありません、お宅の所は坂が多くてお断りしています」と言う。さあ大変だ。下の団地まで下りればタクシー来てくれるかもしれないから……と、慌てて雪の中へ飛び出していった。

数分後に電話。「タクシーあったから……体に気をつけてね」「三島駅まで乗りなさいね」「ウン、分かった」。それから二時間、連れ合いの待つ家に着いたと電話があり、ほっとした。

翌々日、何も連絡はないけれど、パソコンを開くと「全行程終了、明日からまた仕事です」と山形からメールが届いていた。

心に残る一冊の本

「愛は死にますか。心は死にますか。」生きとし生けるものに永遠はないのですが、私は、形を変えて再生、復活はあるのではないかと思うようになったのだ。目覚めたら庭で小鳥が鳴いている。そして今日が始まる。日々そうありたいと願っている。

小学校三年生の時だった。校庭で、校長先生のお話があり「サンフランシスコ講和会議で日米平和条約が調印され、日本は平和国家として進んで行くのだ」と聞かされた。敗戦後の復興は目覚ましく、子供にとっての教育への配慮がなされ、新しいものが取り入れられ、うねりの中で自由平等という言葉が貧しさを払拭した日々であったように思う。

六年生の時、友達の美佐子ちゃんから借りた本『愛は死をこえて』を読んだ。彼女の両親は教師で、この本を買ってもらい読んだと言った「和子ちゃん少し難しかったけれど、絶対読むべきよ」と力強く言った。

昭和二十年。この年、広島と長崎に落とされた原子爆弾。その機密文書をソ連に渡した罪で死刑になったローゼンバーグ夫妻。一九五〇年逮捕、三年後に死刑となる。その三年間獄中から二人の息子に送った夫妻の手紙である。いとしい二人の子供への言葉をかみしめ、食い入るように読んだことを思い出す。

私は、六十三年前に読んだこの本を図書館で検索してもらい、三週間後三島市の図書館から借り、再び読み返した。

今、世界は核拡散防止を訴え大きく揺れている。

ローゼンバーグ夫妻が、製造技術文書をソ連に洩らさなかったとしても、核は世界に広まっていただろうと私は思う。

あの時、心を締め付けられるような思いで読んだ本『愛は死をこえて』。私は、世界のリーダーに頼みたい。日々穏やかな暮らしを、そして、自由で平和な世界をと。

＊参考

『愛は死をこえて　ローゼンバーグの手紙』　エセル・ローゼンンバーグ　ジュリアス・ローゼンバーグ共著　　光文社

片付けようと思ったら…

昨年夫は他界した。私は、いつの日か私も…と思い、不要なものは捨てようと片付けを始めた。まずキッチンからと、棚の奥に手を伸ばすと削り節器に手が届き、何気なく蓋を開けたその時、自分の目を疑った。ピカリと光るカンナの刃、台も新しい。引き出しもスーと引き出せる。さては夫だ…。この削り節器は刃がぼろぼろになってからもう二十年はたっていたはず。

彼は、自分の病のことはあまり私には言わず、最後まで弱気を見せず人らしく逝った。あれこれ見回すと、暮らしの中で私が困らないように手を加え整理されている。こんなところにまで…。きっとホームセンターに行った時、このサイズのカンナを見つけたのだろう。言い忘れたのか、びっくりさせたかったのか、いずれにしても私は、この削り節器を使ってみようと思い、スーパーで鰹節を探したのだが売っていなかった。あちこち探し歩き、大きな乾物屋の片角で真空パックの雄節と雌節をみつけた。かびのついた本節である。

早速カンナに当てた。サクサクと滑らかな削りである。畑のホウレンソウを摘み、茹でてお浸しにして食べた。昔、大家族の中で食べたあの味である。

今から四十五年前になる。３ＤＫという集合住宅で結婚生活がはじまった。台所はシステムキッチン、便利な暮らしの始まりだった。

そんなある日、訪ねて来た母が擂鉢（すりばち）と削り節器を持ってきてくれた。「せめてこれくらい使わないと美味しい料理は作れないよ」と言った。鰹節は雄節と雌節がある。時には夫も削ってくれた。それからずっと母の味を受け継いできたのだが、いつからかパック式の削り節を使うようになり、この削り節器は出番がなくなったのである。


昨日、ホトトギスの鳴き声を聞いた「目に青葉　山ホトトギス　初鰹」。昔、鰹漁は今頃だったのだろう。江戸っ子は、女房を質に入れても食べたいといった初鰹。今は、冷凍技術が進んで、一年中、鰹のお刺身を食べることができる。

鰹節は、保存方法の一つ。そのだしは日本料理の原点、世界に誇れる味である。

昔の台所には必ずあった削り節器、木箱の中にカンナがあり、鰹節を削ってだしをとる。朝はご飯の炊ける香りとみそ汁の香りから始まったものだ。

子供の手伝いは、このカンナで節を削ること、これにもコツがあって、下手な人は粉ばかり多く、上手に削ると薄くふんわりと削れ、母に褒められると嬉しかった。おひたしに、おにぎりに、汁のだしに、一日に何回も削ったものだ。もう慌てることはない。鰹節を削ってみそ汁を作るのも悪くはない。ひと言言ってくれたら夫にもこの味を食べさせてやれたのに…。

それやこれやで片付けはなかなか進まない。

今も台所が私の居場所

ラジオから流れでる「トロイメライ」。窓辺から差し込むやわらかな春の日差し。私は部屋の中から里に続く林の彩りを目で追いながら、いつもの椅子に座る。この場所が一番落ち着く私の居場所だと改めて思う。

この家を建てると決めた時、夫の両親は仙台で元気に暮らしていた。二人の息子が大学と高校の進学を決めたその春だった、夫の母親が急逝したのだ。私は仙台へ行き十カ月、義父と一緒に義母の後片付けをした。函南の家が完成した時、義父と一緒に仙台からこの家に来たのだ。

「おじいさんの好きな部屋をあげるから…」と私が言うと、義父は二階の角部屋の六畳間を「俺、この部屋にする」と決めた。遠くにＪＲの列車が走る音が聞こえるその視界は、里に続く伊豆の山々の重なりまで見える眺望である。

今だから言えるけれど、この部屋は私の部屋になるはずだったのだが、私は黙って頷いた。義父は仙台の家を離れ、息子の働くところに来てくれたのだから、それなりの決心がいることだった。

それで私は部屋なし。夫は笑いながら「お母さんは台所に居るのが一番だから…」と言った。やがて子供たちは巣立って行き、義父もこの家から義母のところへ旅立った。

その後、義父の部屋は夫の写真部屋となり、休日は体を伸ばし昼寝などに使っていた。退職後は、少年の日を再現するかのように、庭に実の生る木を植え、その収穫を楽しんだ。

時に私は「一人になりたい」と言ったことがある。それくらい家族と関わった暮しだった。

そして十年後、思いもよらない病はことのほか早く、夫を黄泉の国へ連れ去ってしまった。

私は、この家に一人とり残されてしまったのだ。今、どの部屋も使ってよいのだけれど、やはり台所のこのテーブルと椅子。ここに座ると、家じゅうのことがわかる。私の五感がピンと働く場所なのだ。机に向かいペンを走らせていると小鳥の鳴き声、羽音まで伝わってくる。

今私は、「夫が私にくれた時間」。そう思って日々暮らしている。

本棚の上で、夫の腕時計がコチコチと時を刻んでいる。なぜか涙がでてきてしまう。

「トロイメライ」はシューマンが愛するクララに贈った曲という。クララは、シューマンの書いた楽譜を読み、彼女の指で彼女の心を通してピアノの鍵盤をたたく。流れ出る音は、メロディーとなって世界中の人々の心をとりこにした。

シューマンも、クララをおいて旅立ったんだ。

いつの間にか外は雨。クヌギの木の枝が薄黄色。花芽が動きだしている。

この林に抱かれ、この机をまえに、この椅子に座る。

ここが私の居場所。

私の一番好きな春色。

今、その情景が、目の前に広がっている。

信頼をもらうのは

三日三晩吹きすさんだ風も、今日はひと休み。日の光が差し込んだ洞は、立っているると背中がほっこりする。

ジャガイモの種を植える準備をしようと思い立ち、庭仕事を始めると、体はだんだん温かくなり、土起こしも楽になる。林の落ち葉を埋め込み、牛フンを入れ、幾筋かの畝を作った。

よく見ると十月に蒔いた菜花がいつの間にか茎を伸ばし、「今、開いたのかしら」と思うほどに、一つ二つ黄色い花が見える。この茎菜をポキッと折って湯をくぐらせた、胡麻和えやおひたしは、どんな料理店でも味わえない、育てた人が味わう早春の味だ。

この笹洞に住んで三十年。笹を刈り根を掘り耕した小さな畑。台所の生ごみを埋め込んで堆肥も作り、苦土石灰を蒔き畑に入れる。連作をさけ、ローテーションをして鍬をふる。美味しい野菜を食べたいからだ。

「うまい」と言ってくれる人がいると気持ちも弾む。

私が鍬を振っていると、林の奥の方でカサッカサッと落ち葉を踏む音がする。その足音はコジュケイ。

そっと横を向いて林の中をのぞくと五メートルくらい先を二羽のコジュケイが歩いている。樹木の間。木漏れ日を浴び、落ち葉をひっくり返して中の虫を食べているようだ。

この五メートルの距離に縮めた私とコジュケイの仲は、一朝にしてならず。彼らが私を信頼しての証しなのだ。

こうして私が畑仕事をしている時は「猫が近づいて来ても襲われることはない」と彼らは学習したのだ。

最近の家猫は、飼い主に十分な餌をもらっているので鳥を襲うことも少なくなったのだが、時に野性をむき出しにすることもある。そんな時、コジュケイはテンポの早いかん高い声でけたたましく鳴く。近くにいる私は、何が起こったのだろうと覗きこむと、猫が身を低くして、ライオンが獲物を追う時のような姿勢でコジュケイをにらんでいる。

私は慌てて猫を追い払う。猫はうらみがましい目つきで私を見て退散する。コジュケイは私が畑仕事をしている時は、猫は安心と思っているようだ。

こうして背を温かくするような日、コジュケイと少し距離を置いて畑仕事をする楽しさ。心も体もポッカポカ。

夫も、退職後十年、のどかな少年時代のような日々を過ごしたのだ。それは企業戦士という言葉が生まれたように、根を詰めた仕事の日々を重ねた、昼夜の境のない日々だった。

退職を決める時「どうしようか」と私に相談した時、私は「自分がしたいことあるのなら退職していいよ。肩書を捨てても胸を張っていられるのなら」と。そして夫はただの人となった。

籠も網も用いず、鳥の鳴き声を読み取り、同じ庭で過ごす。夫も私も鳥になったように気ままな旅にも出かけた。

私も鳥のように海を渡る旅に何回も連れて行ってもらった。新婚旅行の皆さんも一緒で、同じテーブルを囲み、それは楽しい旅だった。

最後の日、一組の新婚ご夫妻が近づき「私たちこれから二人で人生を紡ぐのですが齢を重ね、皆さんのような旅をしようと誓ったんです」と言った。お二人の目は未来を見つめていた。

夫は現役の時も若い人たちが我が家に集い、あれこれ話を聞いていた。退職後も足を伸ばし、同じように車座になり、ノウハウを伝授する。若い技術者は夫の言葉の端々を学んでいた。

夫は人を動かすのも、自然から学んでいたのかも知れない。

それは、亡くなる年の正月まで続いた。

風に乗って

夕陽が蝋燭の炎のように赤く燃えながら、ゆっくりゆっくり沼津アルプスの嶺に沈んでゆく。そんな時庭でコジュケイの鳴き声、「チョコホイ、チョコホイ！」あっ、鳴いた。

コジュケイの鳴き声を聞くとまた涙がこみ上げてくる。

夫は私のために窓辺からカメラでコジュケイを追ってくれた。(フォト&エッセイのために) うまく写せなくて、何回も何回も挑戦してくれた。鳥を写すのはむずかしいのだ。

「あなたを送ることができて良かった。負け惜しみだけど今、そう思っている。もしも反対だったら、やつれた私を乗せた車椅子を押すあなたなんて似合わないと思うから……」

十二月七日、寒さに向かう仙台の墓に、白い晒《さらし》の布袋に入れた夫のお骨を子供たちと収めた。暗い闇の中。

夫が家系を継ぐ守り人に生まれた時、安堵した両親や御祖母さんは、墓の中で優しく迎えてくれたろうか。

物言わぬ風が庭を通り過ぎる良く晴れた十時半。私は、夫が丹精した芝生の上に立つ。チチチー。チィーチィ。棕櫚の木の皮の中で小鳥が鳴く。ハタハタ……。こちらでもハタハタ……。小鳥が羽を打つ。私は、首や目を、ぐるぐる回してあたりを見る。

大きいメジロ。小さいメジロ。シジュウカラ、胸にネクタイをしたようなエナガが、忙しく枝から枝へ飛び交っている。

夫が退職をして、ようやく我が家の庭にデビューしたころ、小鳥たちは、なかなか夫に気をゆるさなかった。それなのに夫は鳥になったのだろうか。目に見えない霊魂は、小鳥たちを集めて私をはげましてくれる。

白木蓮の冬芽がツンとして銀色。夫の書斎に飾ってある昨年写した満開の白木蓮の花の写真よりもっとたくさんの花が咲くようだ。

高村光太郎著『智恵子抄』の中で、チドリと遊ぶ智恵子。チドリは智恵子の心を感じとったのではと、思ったりした。今こうして、私のすぐ近くに小鳥たちが姿を見せるのは、一朝にしてならず。友達が来て庭にたつと、またまた鳥たちは姿を隠してしまうのだ。
夫の霊は、なにも言わず風に乗って鳥と一緒に私を守ってくれている。

葬儀の時、弔問客の前で「父の技を盗み取れなかった」と言った息子が、連れ合いの俊子さんと一緒に夫の書斎の片付けをしている。階下で私が夕食の支度をしていると俊子さんがやってきて「お母さん、この家って台所で料理をしている香りが二階に上がってきますね。スパイスの香り、肉が焼ける香り、お父さん、毎日書斎でこの香りを嗅いでいたのよね。すごく良い香り。食事が待ち遠しかったでしょうね。何も言わなくても……」

俊子さんは自分の気持ちを言葉に出して言う。彼女の優しさ。こんなことでもまた涙が出てきてしまう。この涙は嬉し涙。

座禅筍

部屋の壁に掛かっている写真「座禅筍」は、朝夕の日の光でククッと動き色も変化する。

カメラのレンズと夫の瞳、その指先を通し、無限のカプセルに包まれ、じっと座っている。この写真を見ていると、一年前のあの時のシーンが蘇る。

その日私は、ウグイスの鳴き声を聞きながら、もちい坂の竹林の中を歩いていた。幅一間ほどの古道はつづら折り。長い年月人々が踏み込んだ土の道は、今も山と里を結んでいた。その傍らに根を下ろし、ひょうひょうと立つ一本のクヌギ。その木はどれくらい薪や炭になったことだろうか。根元のこぶはいかめしく、真ん中は虚《うろ》となって大きな口を開けていた。それなのに、幹を高く伸ばし、夏は葉を茂らせ、これでもかこれでもかと、太陽の光を求めて伸び上がっていた。

そよ風は、さらさらーと音をたて竹林の上を渡ってゆく。立ち止って虚の中を覗くと、その中に筍がずんぐり顔を出していた。一期一会。思わず私はデジカメにこの情景を収めた。

里の家では、道端で竈《かまど》を設《しつら》え、大釜の中では白い筍が、こぬか汁の中でブックンブックン音を立てて浮かんでいた。だれも人がいないのを良いことに、こんなシーンもデジカメに収めてしまった。私は一人薫風を浴びながら川土手を歩き、また坂を上り家に帰るともう夕刻であった。夕食後、

「ネー、座禅筍」と言ってデジカメの写像を夫に見せると、

「オー、いいねー、どこで…」

「韮山街道から道祖神を下るもちい坂」

「よし、明日行ってみる」。夫の瞳がキラッと光った。

翌日、朝日の上がる前に夫はカメラと三脚を持って飛び出して行った。

その筍は、もう虚の縁に顔を出し、その写真の一枚に「座禅」と題して十月の文化祭に出展した。そして十一月、帰らぬ人となった。

その時写した竹林のシーンは、一枚のＣＤに残されている。

「この筍、今どうなっているでしょうね」。俊子さんが壁の写真を見ながら言った

時、息子が「行ってみよう、お母さん」。そう言うので三人で再びこの道を歩いた。遠くでサクッ、サクッと鍬の音がする。クヌギの虚の筍は、孟宗竹となって高く伸びあがっていた。「ワー、竹だ…」

三人で仰ぎ見る竹の上の空。その境に揺れる笹の葉。ここにタイムトンネルが通っているんだ。私と夫、息子夫婦と父。心が一つになって今ここにいる。

夫は、会社研修のとき鎌倉の建長寺で一週間座禅修行をした。その後何回か寺を訪ねていた。

クヌギの虚の中でずっと瞑想する筍の写真。

先日、友人が建長寺のお香を届けてくれた。

一人旅だったけど

空と林の木々の間が、ほんのり黄色に変わる頃、三日間旅をした。一月にまだ雪深い山形県鶴岡市に赴任した息子からすぐ近くに「藤沢周平記念館」があり、特別展「藤沢作品と庄内の食」を展示していると言って資料を送ってくれた。「お母さん、出てこない」。そんな言葉に誘われて、意を決してチケットを用意して出掛けた。

東海道新幹線・こだま。上越新幹線・とき。羽越線・いなほと乗り継いで……。

今まで何度も夫と旅をしたのだけれど、いつもついて行く感覚。いざ一人で、となるとその準備やら……少し不安。それでも携帯電話を持ち出掛けた。

上越線の長いトンネルを抜けると越後湯沢駅。そこは、川端康成の『雪国』その序文そのもの。一面の銀世界だった。三十分くらい暗いトンネルの中を走り、パッと明るくなるその情景。私は、列車の窓に顔を付けて一人見入った。

井上ひさしさんの文の中に「川端康成さんの偉いところは、トンネルをくぐり抜けた瞬間から書き始めたということですね。あれを『汽車はトンネルに入った』と書き出したらたいへんです。清水トンネルですから、出るまで三十分ぐらい掛かるんですよね……」

なるほど……と、外を見ていると列車はまた次のトンネルに入り、長岡駅も雪。山合を走り抜け新潟駅に近づくと菜の花が咲いていた。新潟駅で羽越線に乗り換え、日本海沿いに、海岸線すれすれのところを〝いなほ〟は走る。右手は山。雑木林には落ち葉がない。海から吹き上げる風で吹き飛ばされてしまったようである。

物珍しくあたりを見ながら、いつの間にか鶴岡駅に着いた。

ホテルは、一人でもちゃんと対応してくださり、夕方息子がやってきて、夕食を共にした。

単身生活三カ月、何か溌剌とした姿に一安心。翌日、鶴岡城公園の中にある『藤沢周平記念館』を訪ねた。

藤沢周平没後、奥様と娘さん夫婦の協力で、東京の旧邸を移設して鶴岡市立記念館となったものという。小説やエッセイに登場する鶴岡、庄内地方特有の文化、藤沢周平の故郷に寄せる思いが詰め込まれていた。

私は特にその食に関係する文面に心引かれ、はるばるこの町に来てしまった。

郷土の味。家庭の味。母の味。舌で味わいその心を通して描き出された文。藤沢周平の思いなど、この場所で体感できたことは喜びであった。

なによりも息子が私に見せたいと思ったことが嬉しかった。

まだ春が届かないこの地。記念館の人が「お寒いのにようこそ、桜が咲くと賑やかになるのですが……ごゆっくりどうぞ」と、言って資料をくださった。藤沢周平全作品、その執筆資料である。書斎は今もその机を前に椅子に座っているような。初版本は、このような絵が描かれていたのかと、彩る挿絵や装画、表装であった。懐の深さ、自然から受けた情緒など、今までよりさらに深く藤沢周平文学に近づけたような気持ちになった。

うちのすぐ前には、庄内藩の藩校だった致道館・博物館、図書館などがあり、二人で公園の中を通り、うちの息子の部屋にも立ち寄った。

その夜「孟宗汁」をごちそうになった。「三屋清左衛門残日録」に登場する朝採りの孟宗の筍を、賽の目に切った厚揚げと一緒に酒粕と味噌で味付けをした汁である。

漬物は「赤カブ漬け」。赤カブは、焼き畑で栽培され、秋と冬に収穫。砂糖と塩、焼酎と酢で漬け込んだものだという。『風の果て』の中に登場する。藤沢周平は、故郷から送られる赤カブの漬物を喜んだという。少し歯ごたえがあり、良く噛みしめて頂くとその味わいは格別だ。

私は、お土産にこの赤カブの漬物を買った。

お米は庄内米。今は「つや姫」。あちらこちらにのぼり旗が立っている。少し細長く、もっちりした味わい。美味だった。

翌日、息子の車で最上川に沿って酒田まで、果てしなく続く田園の中をひた走り、今も残る京文化、北前船がもたらした雅な文化をも見せてもらった。長い歴史の中で培った統率されたおおらかな暮らし方を垣間見た感じである。

帰る日、日曜日だったけれど「一人で帰れるから送らなくていい」と息子に電話して、また、〝いなほ〟に乗り、〝とき〟に乗り、〝こだま〟に乗って帰って来た。

東京で桜を目にして、函南駅では桜花に迎えられた一人旅だった。

間近に見る極楽浄土の世界

二〇一三年も暮れようとする十二月、テレビ画面の中で、雲に乗り楽器を奏で舞っている雲中供養菩薩像と奏楽菩薩像。平等院鳳凰堂の改修のために外され、サントリー美術館で「天上の舞・飛天の美」として一般公開しているという。

普段は門外不出の国宝である。本尊阿弥陀如来像と本尊を取り囲む飛天像。間近で見られるまたとない機会である。

私は、雲に乗り羽ばたく鳥のような気持ちになり、出掛けてみようと思った。はてさて、どう行くのか（この時はまだインターネット検索が出来なかった）すぐ息子に電話する。「少し待っててねー。うん、サントリー美術館、東京六本木、お母さん行けるかなー、ちょっと難しいよ」。そう言ってFAXで地図と行き方を送ってくれた。

新幹線品川駅下車。山手線恵比寿駅で乗り換えて日比谷線六本木駅下車。八番出口。会場は大きなショッピングモールの四階だった。

入場するとすぐ、金色の飛天像が。本尊阿弥陀如来座像の光背にある、六軀の飛天がまるでブローチのように壁に飾られている。近づいて見るとそれぞれ五十センチくらい。その表情は、たおやか。顔は微笑んでいる。（本来は十二身）こちらは木地。たなびく雲に乗る奏楽菩薩。その彫像は、まるでカヌーを乗りまわすように雲の上で楽しげな表情である。螺鈿《らでん》で飾られたきらびやかな荘厳具《しょうごんぐ》と共に、名宝の数々がそこに並んでいた。

仏の世界で雲中供養菩薩は最も位の高い菩薩で、常に天にあり、最も理想とする天であると……。その姿が僧であったり、釣り人であったり、暮らしの中で見る姿なのである。

浮き彫りされた薄い材で動きのある仏の姿は立体的に見える。本尊を囲み、楽器を手に持ち舞っている。光背を飾る飛天の顔は、立体感を出すために、手前の頬を横に長く作る工夫がされているという。

ちなみに絵画の世界でも、遠近法を初めて使ったのはレオナルド・ダ・ビンチ（一四五二年〜一五一九年）だといわれている。それよりも五百年も前に作られたものである。

藤原道長の子頼通が一〇五三年、平等院鳳凰堂を建立した。仏師は定朝《じょうちょう》とある。

平安時代の阿弥陀堂建設の双璧として平泉中尊寺金色堂（一一二四年）がある。奥州藤原三代（清衡、基衡、秀衡）の霊廟である。夫の故郷が近くなので何回か訪ねたことがある。山を背負い、その前庭に毛越寺があり、「大泉が池」と庭園が配されている。

宇治の平等院は、三カ年の修復を終え、四月一日、リニューアル・オープンである。浄土庭園を前に翼を広げ飛び立つ瑞鳥《ずいちょう》のように作られているという鳳凰堂。お堂の内部を飾る飛天の姿もぜひ見たいと思う。

平等院、宝物館『鳳翔館』は栗生明氏の設計。「かんなみ仏の里美術館」の設計者でもある。

宇治の平等院

修復が済んだ鳳凰堂は、昔の赤を再現したという柱や梁も美しい。春の日を浴び、屋根上の新鳳凰も金色に輝いて、今にも飛び立たんとする姿である。庭園に広がる阿字池に写るお堂の姿は、平安の昔を忍ばせる建築である。建物全体、鳥が翼を広げたような右翼左翼。回廊が巡り、池に向かって開いた扉の中には阿弥陀如来さまが座っておられた。

ちょうど光の具合が良かったのか、阿弥陀如来さまが水面に映っているのが見えた。

二〇一五年春、二人の姪と京都へ旅行することになった「叔母さん、一番行きたいところはどこ」と姪が聞くので「宇治の平等院」と答えた。

お姉ちゃんは伏見稲荷、私は上賀茂神社、と旅の予定に入れたのだ。

宇治の平等院はずっと昔、訪ねたことがある。その頃は全体が樹木で覆われていたように思えたが、今は青い空の下、大勢の人がたたずんで平安の美を見つめている。

姪は「せっかく来たのだから叔母さん、お堂の中も見たいでしょ」と言って申し込みをした。約二時間後のチケットが取れたので、宇治川を渡り、源氏物語ミュージアムに行くことにした。山道のような昔道。その昔、長い装束の人たちも、こんな道を歩いたのだろうか。百人一首の中に描かれた姫君を想像し、若き貴公子光源氏とは……と三人であれこれ思いを巡らせ歩いた。

小川の縁に生える「あやめ」などの植物も昔からのものなのか……と。今はなかなか出会えない野道の散策がそこにあった。

源氏物語ミュージアムは、現代の作りもの。昔を偲ぶ風情はなかったけれど、藤原道長や頼通、女官や武人、そんな人々をバーチャルで置いてみると、絵になる場所であった。

二時間歩いて再び平等院に戻ると、ちょうど入場時間だった。阿宇池に架かる小さな渡り橋を通り、お堂の中に入った。お堂の中は狭い空間。そこにズドンと丈六の金色に輝くあの阿弥陀如来さまが、舟形の光背の前に座しておられた。壁にはサントリー美術館で会った雲中菩薩像が舞っている。タイムカプセルの中に入って宇宙に飛び出した感である。

柱に描かれた「曼荼羅図」。今も当時の色彩を残して阿弥陀如来さまを守っていらっしゃる。

じっと立ち止まって見てはいられない。流れるように歩を進め、ほんの十五分ほど。それでも中の様子を見学できた。民の平安をじっと祈っている鳳凰堂の主、阿弥陀如来さまと同じ目線で阿字池と外の世界を見ることができた。

姪は外に出て大きく息をして、「叔母さんと一緒に来て良かった。宇治って京都も外れでしょ。なかなか足が向かなかったけど、ウーン、何だか夢見心地」と言った。今回の修復で「鳳翔館」が出来た。景観を壊さないように、古墳のように地中にスッポリ入った宝物館である。

以前屋根の上にあった鳳凰二体も殿堂入り。間近で見るとその大きさに驚いた。こうして後の世に伝える日本のものづくりの美。数々の出来事の記録と共に伝えられて行く。

紫式部の書いた『源氏物語』。清少納言の書いた『枕草子』。世界に誇る文学が、宇治の日常であったと。描かれた「ことば」は見えない空気の中に、せせらぎの音、鳥の羽ばたき、野に咲く花にまで想像は膨らんだのである。

風神雷神像は頼もしい

京都の蓮華王院三十三間堂の千一体の千手観音像は圧巻であった。正しくは「十一面千手千眼観世音」という。本尊の千手観音は大仏師湛慶（運慶の長男）八十二歳の時の造像という。一二四体は創建時、平安期のものだという。本堂内陣の柱の数が三十三あることから三十三間堂。正式の名称は「蓮華王院」といい、一一六五年、後白河法皇の勅願により平清盛が建立したものだ。

千体の千手観音のお顔が段下から見えるように一体一体を少しずらして整然と並ぶ。よく見ると顔の表情が少しずつ違う。一体一体作ったからだろうか。持ち物も衣類も流れるようなドレスの裾などが違っているのである。

目を移していくと、静の中に動がある。頭上の冠には十一の顔。肩からは四十種の手が持物《じもつ》を持っている。実際には手が千本あるわけではない。それぞれが二十五の世界の人々を救うとされている。十一面の顔は、あらゆる方向から届く人々の苦しを見逃さず、救ってくれるという。中央の中尊を中心に左右五百体ずつ。前列には二十八体の神々が並ぶ。

ひときわ高い雲座に乗った風神雷神像は、千手観音とその信者を守るという神。その起源はインドという。雲段の上でたなびく雲に乗り、いつでもどこでも、といった警護である。髪は炎のような怒髪。太鼓を背に大空を駆け回る雷神。その眉や顔立ちは孫悟空のようでもある。風神は、大きく膨らませた風袋を肩に、その風力はロケットの噴射を思わせる迫力。つりあがる眉、仁王のような顔立ちで岩山のような雲に乗っている。

「いつもあなたをお守りしていますよ」と、安心させてくれるキャラクターである。風神雷神も飛天である。

江戸時代、俵屋宗達は二曲一双の風神雷神図屏風を描いた。

三十三間堂は、俵屋宗達が障壁画を描いた養源院のすぐ近くにあり、俵屋宗達は蓮華王院の風神雷神像を見て屏風を描いたのでは……とのこと。どこにもサインはないけれど国宝である。

子供のような無邪気さで天駆ける鬼の姿。自然神である。

日本で一番古い風神雷神図は、奥州藤原氏が奉納した経巻の見返しの絵の一部に描かれているという。

中国では、紀元前千年〜二千年に記された神話に登場し、ギリシャ神話ではゼウスが雷の神で、風の神は東西南北四いるそうだ。仏教では千手観音の従者である。

俵屋宗達と尾形光琳の描いた風神雷神図屏風は、東京国立博物館で同時開催ということなので、また改めて見ることにした。

二つの風神雷神図屛風

五月の連休も終わって一年で一番良い季節。子供たちが帰り、少しのんびりしていたら、東京国立博物館「栄西と建仁寺」展はあと二日だけ。思い立ち、翌朝早く家を出る。

本館では「キトラ古墳」展。両方見られるかしら…。上野は一人でも行ける。公園口に下りて国立西洋美術館の前を通り、広場に出て真っ直ぐ。横断歩道を渡るとチケット売り場である。

平成館は待ち時間なしとのこと。キトラ古墳展の方は三時間待ちだという。しかも並んでいないとだめとのこと。これは今日一日では無理である。

私の本命は、俵屋宗達の「風神雷神図屛風」（建仁寺蔵）と同時公開、尾形光琳の「風神雷神図屛風」（国立博物館蔵）である。

建仁寺は、日本に禅宗を広めた栄西が開創した寺である。栄西は二度の渡宋の時、茶の種を持ち帰り栽培。日本の茶祖とされている。建仁寺が日本の文化発展に果たした役割をここに示していた。主に建仁寺に伝わる工芸や絵画、所蔵の名品を展示していた。

俵屋宗達の国宝「風神雷神図屛風」二曲という屛風の形。屛風を数える時は、パネル一枚（一扇）を一曲。それらが集まった物を一隻、対のものは一双。屛風は六曲が基本のようだが長すぎる。二曲一双の形は、部屋の大きさや画面に苦労した宗達が工夫したもののようだ。折って立てれば観賞用。向かって動き出すような風神雷神図屛風は、リアルな動きを感じるのである。その屛風絵は、暴れ回る迫力。屛風からはみ出している。

四月末、二人の姪と京都の寺を巡った時、「叔母さん、俵屋宗達の風神雷神図屛風は今、東京国立博物館に行っているから建仁寺はパスね」。姪がそう言ったので、この時建仁寺は行かずにしてしまった。

またいつかもう一度、建仁寺の中でこの屛風絵を見てみたいものだ。

俵屋宗達がこの屛風を描くまでに、どれくらい多くの資料を見て学び、考えたことか。乗り物もインターネットも電子コピーもない時代、心で足で集めた情報を、目から絵筆に乗り移して描いたその能力の凄さを実感したのだ。

尾形光琳の「風神雷神図屏風」は本館二階七室。その絵は形よく屏風に収まっている。別々に見るとほとんど違いはわからないけれど、光琳は宗達の「風神雷神図屏風」を模写したものだという。光琳の風神雷神屏風は重要文化財である。

現代でさえ、雷や台風を克服することはできない。神頼み。祈るしかない。自然の力に向き合うには、強い気持ちと忍耐が必要なのだ。帰りに本館の売店に立ち寄り、俵屋宗達の風神雷神のストラップを買った。帰りの電車の中で、雷も風も私の味方に、千手観音さまの安らかな顔が瞼に浮かんできた。

切手

「長い間のご愛顧、誠にありがとうございました。この発送をもってすべてのお取引は終了となります」

郵趣サービス社から亡き夫に送られてきた最後の切手コレクション。奈良・新薬師寺の十二神将のうちの伐折羅大将《ばさらだいしょう》の五百円切手とその元写真である。平成二十四年七月二日発行。

彼が切手収集をしていることは知っていたけれど、どのような切手なのか問うてみたことはなかった。さりげなく机の上に置いてあったバインダーが、このシリーズのコレクションであった。無言で「ここに綴じ込んで」と指示している。そこにはカタクリ、金剛峯寺童子像、オシドリなどが綴じ込まれていた。

その一枚一枚の切手の意匠と作者の思い、限りない美の追究。このコレクションに魅せられて止まなかった我が夫。

私は、後片付けの作業に追われ、夫の書斎で資料を探していても、ふとその手が止まる。細やかな分類にため息が出てしまうのだ。

いつも背を向けて机に向かい、一枚一枚の切手と対話していた。それは至福の時だったに違いない。

切手に取り上げられた伐折羅大将像は、頭上に狗を頂き、憤怒の相で、左手は腰を押さえ右手に槍を持つ姿である。

「この切手コレクションは、提供数三十組の限定である」と記されていた。

四十九日の法要が過ぎ、相続の手続きをして、封鎖されていた銀行預金が解除され、息子が郵趣サービスセンターに、夫の死亡連絡の電話を入れたすぐ後に、請求書と共にこのコレクションが送られて来たのだ。夫は入院する間際にこの注文をしたようである。

その意を読み取れるのは、わたしだけ。

二〇〇五年、私は、「阿 - 吽」と題してエッセイを書いた。わたしが五歳の時、私に心を残して死んだ父親との別れのエッセイだ。その文が、「のこすことば」文学賞で優秀賞を頂いた。選者が夫の大好きな作家、梅原猛さんだった。

「私は仁王が好きだ」と書いた。

「あんたは（父親）私を置いて逝ったのだから、守る義務がある」と…。

「私は困った時、いつも胸元をキュッと掴んで仁王の父を呼び出す」とも書いた。

夫は何も言い残して行かなかったけれど、伐折羅大将になって、私を守るから…これがメッセージなのだ、と気づいたのだ。

こんな遺言もあるのだと……。

私は、この切手コレクションの封を開けた時、それまで気を張って泣くこともできなかった涙が止めどなくあふれ、声を出して泣いた。

憤怒とは、このような怒りを言うのかと一人思った。

新薬師寺

チケット売り場で五百円の券を買い、新薬師寺の門をくぐると、正面に入母屋造り瓦屋根の本堂があって、中央の三間が両開きの板扉。他は白い壁である。左手に回って入り口へ。一歩足を踏み入れると土間の中央に円形の須彌檀がある。本尊薬師如来像が安置され、周囲を等身大の十二神将像が取り囲んでいる。今にも動き出しそうな迫真の像である。

私は、この十二神将像の内の伐折羅大将に会いにきたのである。

もちろん国宝である。

夫が亡くなって五十日後、郵趣サービスセンターから、亡き夫に送られてきた新薬師寺の伐折羅大将の500円切手とその原画やシート一式。私はこの日まで慌ただしい日々を送っていて、夫は何も言い残していないことに気づいたのである。

髪を逆立たせ、激しい憤怒の表情。どんな敵も逃げて行きそうなその表情には、「あなたを全力で守りますから……」。そう言っているように感じた。

私は、夫がこの切手をいつ注文したのだろうと考えたのだ。

彼はシャーロック・ホームズや007など、映画も小説もサスペンスが好きだった。それと、オードリー・ヘップバーンが大好きだった。

今度は私が謎解き……

彼は病気のことはあまり私に話さなかった。

科学者の目と勘。決して落ち込むことなく病と運命に向かって日々過ごしていた。

いよいよ入院の日、多分家を出る時、いつも持っているバッグの中にこの申込書を入れていたのでは……。看護師に頼んだか、自分で階下のポストに入れたのか。銀行口座が封鎖され約二カ月、切手の届く経過まで計算したかどうかは分からない。

それから五年、私は一人で旅をする決心をした。

東大寺南大門に立つ仁王像と新薬師寺の伐折羅大将のある「奈良町一人旅」に出掛けたのだ。

私はご朱印帳は持ち歩かないのだが、この寺に来た記念に一筆書いて頂いた。今まで新薬師寺のことをあまり知らなかったので、中田定観さんの書いた『新薬師寺』の本を買った。

奈良もここまで足を運ぶ人は少ないようで私の他に二人だった。そのうちの一人が受付で次はどこへ行こうかと話していた。「元興寺がいいですよ」と言っている。「よし、そこに行こうタクシー呼んでくれるー」と。私も行きたかったので「ご一緒していいですか」と言うと「どうぞ、どうぞ、大歓迎だよ」と言ってくださったので便乗した。車を降りる時「タクシー代お払いします」と言うと「いいから、いいから」と言ってくださったので、私は入場券を二枚買い、同乗の方に渡した。

元興寺は大勢の人。それもそのはず、聖徳太子・奈良の飛鳥寺ともいわれているほどの寺。飾らない建築群は、どことなく古を物語る。屋根瓦一千枚は、飛鳥時代のものだという。

極楽坊、禅室共に国宝だった。

遠い存在だった聖徳太子が少し近い感じがしたのだった。

そこから興福寺の五重塔をめざして歩き、信号を渡り、東大寺南大門へ。仁王像に対面した。もう夕刻。人の数も減り、桜花に囲まれた南大門。仁王像の力強い姿に勇気、元気をもらう。

仁王像は苦しい時、心の中に呼び出し、助けを求める「父親」なのだ。これからは、新薬師寺の伐折羅大将も加わり、勇気百倍。

時々、心のリセットをして、日々元気で過ごしたいと思うのだ。

仏の里に続く道

平成二十六年（二〇一四）十二月十八日付から平成二十七年
（二〇一五）二月二十二日付の伊豆日日新聞に連載

彼岸花

田んぼの稲穂が頭を垂らし、お米に実ってゆくころが秋分の日。朝日が林の向こう側に顔を出すころ、私は散歩に出る。

家を出て坂を下り「かんなみ仏の里美術館」に向かう道、その右手一面に彼岸花が咲いている。雨の後、一日で茎を伸ばし、棚田の畦（あぜ）を囲み、真っ赤に縁取る。まるで朝の花火。

今は、丹那トンネルを出入りする新幹線が、高架橋の上を走り抜けてゆく。のどかな田園と現代の交通とが交差している所でもある。

この道は、一千年以上昔から、徒歩で向かった箱根越えの道。そのころ、彼岸花は咲いていただろうか。別名曼殊紗華（まんじゅしゃげ）ともいう。

私は子供のころ、この花を手いっぱい折って持ち、凧になったような気持ちで家に帰ったことがあった。家の者に「それは毒だから捨てなさい」と言われ、何とも言えない寂しさを感じたことを思い出す。

先日、ラジオを聞いていると、昔、彼岸花の球根を食べたという。ドングリやトチ

田んぼの土手に咲く彼岸花

の実だって渋みを抜き餅にした。生活者は、生き延びるために研究を重ねたのだろう。麟茎（りんけい）は石蒜（せきさん）と言い薬用、糊《こ》料にするとか。

一年に一週間花が咲いて実を結び、土の中で次の秋をじっと待つ。青い空に緑の稲田、キツネが赤いリボンを引きまわしたように棚田の土手を真っ赤に彩る。

棚田のいのちは水の巡り。モグラやネズミが土手に穴を開けると水が抜けてしまう。球根に毒があったからモグラやネズミが穴を開けない、そんな助けがあったのかと思った。

彼岸とは黄泉（よみ）の国と生者の国を結ぶ川岸。亡くなった人は、さんずの川を渡り、黄泉の国に向かうという。一年に2回出会う悟りの世界。蛇行しながら里に下る来光川に沿うように「かんなみ仏の里美術館」に向かう道。

今は彼岸花に導かれているような、その昔、新光寺という大きな寺があり、その回りを寺が囲み宿坊が並ぶ里であったと。路傍の小さな石仏が、何も言わずに仏の里へ案内している。

ケースの中の薬師如来さま

かんなみ仏の里美術館にはもう何度も足を運んでいるが、いつも違った心持ちで訪ねているので、仏像もその時々違った面持ちで私を迎えてくれる。

薬師如来は、一体だけ背後まで見える位置に座している。ガラスケースの中で、背筋をピンとのばし、薬こを手に持ちどっしりと。その姿は男性だろうか、女性だろうか。そんな艶めかしいふくよかな体型である。

その薬師如来を24時間ワークシェアリングで警護する十二神将の動物神。病に苦しみながら願いをこう人々を薬師如来の助っ人として働いている。

「我こそはいざ…」ポーズを取って身構える。頼もしい姿である。

現代の歌舞伎役者が、グッと見得を切るあのポーズに似ていると思うのだが…。自分をより強く大きく、その存在をアピールする。病を治すのも一つの見得、安心感に値するのではないだろうか。

薬師如来の世界を描くのに、作者は何をさておき「救済」、そうした気持ち、その身振りが千年もの間、人々の心を捉えてやまない信仰の姿なのだろう。

どっしりとふくよかな薬師如来さま

愛の眼差し。慈悲の眼差し。人と仏が心を結んだその時、愛と勇気の決断は、病にも負けない心持になったに違いない。

　警護救済の役割を担った十二神将は、それぞれが、7千人もの部下を従えているというから頼もしい。それぞれが、2時間ずつの勤務である。ちなみに私は午年。午は南を守護する珊底羅（さんてら）大将。太陽が真上に輝く正午ごろの警護だ。やはり私は、さんさんと太陽の輝く昼間が好きである。

　思えば時間は恐ろしい破壊者だ。命ある者は必ず時間によって滅ぼされる。しかし新しい命をうみ育てる創造の神でもある。

　今は安堵（あんど）のお顔、と言ったら良いのだろうか。ガラスケースの中の薬師如来さま。

十二神将像の修理に立ち会えて

エッセイ実践教室の皆さんと卒業展の作品作りのために「かんなみ仏の里美術館」を訪ねた。受付で「今日、多目的ホールで仏像の修理をしているのでお静かに」と言われ部屋をのぞくと、頭に手拭いを巻いた2人の男性が体を傾けたり下からのぞいたり、仏像の手首を少しずつ動かしていた。呼吸も止めているように見つめる眼差し。(少し前、旧薬師堂の木箱の中から手などの部位が見つかった)

2人の胸に吉備文化財修復所と書かれている。2体の神将像が机の上に置かれている。真達羅（しんたら）大将（寅）毘羯羅（びから）大将（子）。私たちの眼差しに気付いた牧野隆夫さんが手を休め、静かな口調で「手を付けると言ってもずい分迷います。このハイテク時代の修理、昔のままにと言ったら無理があります。仏像の体内ののみの跡を見ると、現代には無い道具を使用している。かなり鋭い刃物と力。膠(にかわ)だって素朴な物、時代をクリア出来ないのです。歴史の流れの中に自分がいると実感する作業です。材木はヒノキです。しかも節がない。直径1・5メートルぐらいの木を使っている。今の日本にはありませんよ。千年もたてば傷みやひびくらい入り

毘羯羅大将を修理する牧野さん

ますよ。この仏像は人が管理していた。残そうとした。そうした昔があるんだな。大切に守ってきた…」

毘羯羅大将は、怒髪と呼ばれる怒気で逆立つ髪。真達羅大将は、中央アジアの武人をほうふつさせるかぶとを付けている。砂漠の砂の侵入を防ぐ絞った袖口を翻すひれ袖。

私は、この仏像が、函南の寺に収まるまでの道程を心の中に描いてみたのだ。

手先。足先。視線。

仏像に手が付くと、動作、表情は一変する。この小さい部位がリアル感を倍増させる。

仏師が向き合った十二神将像。薬師信者の守護神として今ここにある。

千年の歳月が流れているなんて…。

鍵穴から見たお堂の中は

「この鍵穴からお堂の中をのぞいてごらん」。函南歴史研究会の皆さんと「函南歴史探訪」の学習会で訪ねた大竹光明院蓮華寺跡。明治の頃までここに寺があったという墓地である。

小さなお堂があり、扉に大きな鍵がぶら下がっていた。その破れた鍵穴を覗くと、朽ちた段に小さな仏像が並んでいる。一瞬「古いおひな様かしら…」と思ったほどだ。

お堂の中は蜘蛛の巣がはり、長い年月手つかずの、昔が封印されている不思議な空間だった。祈りの場のようでもあった。

「まぁ、こんな所にどうして…」

「うん、良くは分からないけれど、真ん中にお位牌（いはい）のような物が見えるから…」

皆で宝物を見つけたような気持ちで代わる代わる目を細めて鍵穴をのぞいた。

案内してくれたSさんが、大竹における「作仏聖」弾誓木食僧（たんせいもくじき

千体仏が入っていた小さなお堂

ぞう）の足跡を追い、古文書「法国山光明院蓮華寺縁起」（杉山家文書）をひも解くうちに、このお堂の小さな仏像を見つけたという。

この日、見に行ったのは蓮誉華空法阿（れんよけくうほうあ）の墓標であった。歴代和尚の墓の一番右。私はその時法阿の名前を聞いてもピンとこなくて、通路の階段脇に並ぶ馬頭観音の穏やかな表情が気にいって写真に収め、それからも何度もこの墓地を訪ねた。

代々和尚の卵型の塔に「法阿」と刻まれた文字を見る。この小さな仏は「大竹千体観音像」と名付けられ、町指定の文化財となった。

法国山光明院蓮華寺跡の墓地に眠る蓮誉華空法阿こそ明治の廃仏毀釈（きしゃく）で廃寺となるまでの隆盛の基礎を築いた人。

元禄8年、桑原の仏、阿弥陀、観音、地蔵の三体の修復に取り組んだと「法阿」の墨書きが残る。小さなお堂の千体仏とのつながり。鍵穴から見た祈りの歴史がひも解かれてゆく様子を垣間見るそのワクワク感も味わった。

※木食＝米穀を断ち木の実を食べ修行

木食僧・法阿和尚と千体仏

病を治す力も生きる力も全て自分の中にある。今を輝かせるために、自分が喜ぶ生き方を…と、この千体仏は示しているのではないだろうか。

法国山光明院蓮華寺縁起に書かれている弾誓（たんせい）上人（1552～1613）が大竹に至り、法国山光明院蓮華寺再興を里人に勧めたのが1612年。その後、73年、蓮誉華空法阿（れんよけくうほうあ）という僧が大竹に至り、この地に寺を再興する。里人と共に浄財を募り、81年寺は完成する。83年～87年、千体仏を造る。小箱根山平清寺本尊、阿弥陀如来、地蔵菩薩、観音菩薩の修理を行ったことも記されている。大竹千体観音像は743体現存している。その中の何体かに「法阿」の名が残されている。

像の大きさは10・4～14㎝。木造で金箔（ぱく）が貼られていた観音像である。千体という数は何だったのだろう。

一体一体表情を見ていると、法阿和尚の人柄と表情が浮かんでくる。その像は、作者自身に似てくるものである。一彫一彫が、心を無にした祈りのお姿がしのばれる。

法阿和尚が彫った千体仏

仏の形に整え、金箔を置いて白毫（びゃくごう）を描いてゆく。手の位置、形から「願う物を与えましょう」（与願印）「畏れることはありません、安心して下さい」（施無畏印）「どうやって人々を救おうかと考えている…」（思惟＝しい）など、手の形で示している。これらの像を一体ずつ村人に与えたのではないか。村人は、願いが叶うべく精進されたことだろう。そして願いが叶い、そのお礼に返された仏像もあったようだと。人々の名前が記されている像もある。見えない糸を手繰り寄せ、小箱根山新光寺、平清寺の仏像と、大竹光明庵、木食僧、蓮誉華空法阿とそのつながりが結ばれたのである。

この山里の村が、仏の里、祈りの場であり、人々と心を繋ぐ木食僧、法阿和尚が浮かびあがったのである。

箱根神社と万巻上人の道

「特別企画展」武将たちの箱根信仰を見に、元箱根行きのバスに乗った。大きなバスに乗客3人。途中山中城跡で2人降り、私は一人旅。樹林帯を過ぎ、笹の原が風になびく峠を越え、広い空に向かっての眺望は素晴らしい。

その昔、旅人も空と湖と緑の山々に心をうばわれたに違いない。

元箱根でバスを降り、濃緑の樹林を背景に芦ノ湖の岸べを歩き、タイムスリップしながら大鳥居をくぐる。

杉の大樹と姫沙羅の森に抱かれて建つ箱根神社。奈良時代、万巻上人が神託により、箱根権現の活動が歴史上顕著であると…。万巻上人の箱根への道は、桑原（小箱根）を通り、山を登って行かれたようである。

その足取りは定かではないが、西方から徒歩で来光川に沿って桑原の地に足を運んだのだろう。桑原の橋を渡って少し下った川辺に、万巻上人の経塚と言われる小さな社がある。

箱根神社を事実状創建された万巻上人は、８１６年、96歳で亡くなられた。仏教の

普及に尽くした名僧であると……。

その遺影が宝物殿で公開されていた。関東一古いという万巻上人坐像。大きな耳。右手を膝上に左手を少し上げ、前方に眼を向けた若々しいお姿である。他に地蔵菩薩像、鎌倉幕府を開いた源頼朝はじめ歴代将軍。北条執権、北条幻庵姿像などが並んでいた。

箱根信仰は、武家社会全般に深く浸透し、武家の法典「御成敗式目」の神文では、全国筆頭の神名が挙げられているとか。

もう一つ、大石内蔵助の「預置候金銀請払帳」がここに展示されていた。

裏山には、万巻上人の奥津城（墓）と伝承されている苔むした塔があり、語り伝えでは、万巻上人がお亡くなりになった時、小筥根山新光寺で弟子たちが菩提を弔ったと…。
今、箱根の歴史が、人々の思いと共に手繰り寄せられてゆく。

伊勢宋瑞と韮山城

伊勢新九朗盛時、出家して早雲庵宋瑞。その子氏綱から北条を名乗っている。伊豆の韮山を拠点とする伊豆国主として戦国の名乗りをあげる。この伊豆への侵攻が明応の政変が起こった年であったと…。

家督を巡るお家騒動もなければ、家臣の謀反もほとんどなかったと言う。「理由は良く分かりませんが、歴代の母の教育や嫁が良かったのかと…」（高橋盛男氏文）

領国を100年維持し、家族の心を一つにして一致団結し続けた戦国大名としてまれな事例だと言う。

戦国時代の税には、年貢のほか、普請役や陣夫役（じんぷやく）など、労働で納めるものを制度化している。領国の村には直接、納税通知書を出す仕組みを作った。戦国の世から400年以上たった現在でも樹木に覆われ、土地は再利用され城跡公園や歴史公園として整備され、往時の遺構を見ることができる。宋瑞が終生居城とした韮山城（伊豆の国市）は、3代氏康の築城で西の防備の要であった山中城（三島市）とその間にも田代城、丸山城など田方野を巡る居城跡が今も多く残されている。

現在も農業用水に使用されている城池

時は過ぎ、5代・北条氏直の時、天下統一をもくろむ豊臣秀吉に抵抗し、秀吉は10万人以上の兵を率いて小田原城、山中城と落とし、韮山城は、3カ月の籠城の後、徳川家康の勧めにより開城。後に徳川の城となり1601年、廃城。韮山代官御囲地となった。

韮山城は北条氏最初の城であると共に、その終えんを物語る重要な城跡遺跡である。

もしあの時こうだったら…、それはないのだが、歴史は勝者の記録。敗者となるとその影さえも葬られてしまうのだ。

それでも人々に語り継がれ、路傍に残る少しの形、里人の心の中につないだ道は、手繰り寄せられ、往時をしのばせている。韮山街道、箱根街道、東京お台場に続く道でもある。

学んで訪ねた鎌倉の仏像1

「函南の仏像と鎌倉の仏像」と題した講演会に参加した。かんなみ仏の里美術館に収められている仏像は、桑原の長源寺境内、薬師堂に近年まで安置され、桑原新光寺の像と伝えられている薬師如来像、阿弥陀（あみだ）三尊像など24体が展示されている。

平安、鎌倉、室町、江戸時代の作である。

講義は鎌倉の仏像のエキゾチシズム、宋風であること。形は、法衣垂下（すいか）。衣類が台座をかくすほど下に垂れているという。

座り方は、遊戯座（ゆげざ）。片足を下におろしリラックスした座り方である。デザインとして置いてゆく土紋（どもん）など、そのような変化があったのかと目を見開いての聴講だった。近くの席に友人2人がいて「気付かないことだった。もう一度鎌倉に行かなくては」と言うので「行きましょう」と話は決まり、翌々日3人で鎌倉行きとなった。

まず円覚寺「三世仏坐像」過去、現在、未来像は、衣の裾を長く垂らし、法衣垂下

建長寺本尊の地蔵菩薩像

である。本尊、宝冠釈迦如（しゃか）来像は、悟りを開く前の釈迦だろうか。衣は法衣垂下である。

釈迦は、螺髪（らほつ）と装身具を付けない衣一枚の姿が一般的なのに、何とおしゃれな御釈迦様だろう。

東慶寺は覚山志道尼（北条時宗夫人）の開いた尼寺である。臨済宗円覚寺派。本尊は釈迦如来坐像。女性の側から離縁出来なかった封建時代、当寺に駆け込めば離婚できる女人救済の寺。明治に至るまで600年間、縁切り法を守ってきたのだ。

本堂隣の水月堂には「水月観音菩薩像が安置されていた。足を組まずにゆったり座る「遊戯座」。その衣類は、流れるようにふんわりと、木造なのに本物の布が垂れているような華やかさ。片足を下に垂らし、リラックスした座り方だ。水に映る月を眺める姿とか。

学んで訪ねた鎌倉の仏像2

巡って行く寺の仏像は確かに法衣垂下（すいか）。エキゾチック。注目して見て行くとその風潮に気付くのだ。

この日、3人で歩いて歩いてへとへとになりながら建長寺へ。鎌倉に武家政権が誕生して50年後、北条時頼は、戒律を重んじ、厳しく修行に励んで事を説く蘭渓道隆（らんけいどうりゅう）の教えに感銘を受け、建長寺一世を命じたのである。

本尊は地蔵菩薩。蓮華台を包み込むほどの衣である。法堂入り口には「天下禅林」の額がある。方丈の中に入れていただき、蘭渓道隆が造ったという庭を眺め、一時、その静寂を楽しんだ。

巡ってゆくと宋の絵画表現を立体化したその気風と技があちらこちらに見当たる。「京をまねるだけではいけない」。仏師たちも貴族でない武士の都に来たからこそ、新しい表現ができたのではないだろうか。

源頼朝は、長野・善光寺を信仰したという。そこで「善光寺ブランド」が鎌倉にはやったのだろうか。

蘭渓道隆が造った建長寺の庭

もう一つ、京都嵯峨にある清凉寺式の釈迦（しゃか）如来立像と一緒に祭られている釈迦の弟子である十大弟子立像がある。

仏像の歴史は、奈良、京都、鎌倉の順に発展してきたのだが、京都より古い都の奈良と鎌倉が結びついている。

これは少し唐突だが、奈良法隆寺は聖徳太子の寺である。金堂にある「釈迦三尊像」の作者は「六二三年鞍首止利仏師」と刻まれている。止利仏師は渡来系氏族の出身で、記録上、日本における最初の仏教造像者であったと。着衣は大きく台座にかぶる懸け裳（も）である。「函南の仏像と鎌倉の仏像」。私の仏像の見かたは、今までの見かたと一変。仏師たちが、天下を取った武士に対する恐れの念で作った仏像だったのでは…と思ったのだ。

観音めぐり

「かんなみ仏の里美術館」館長と行く歴史探訪ウオーキングに参加した。第8回というこのイベント。昨日までの雨もどこえやら、桑原の里は、稲刈りの最中。ここでは刈り取った稲束を竹で作った台に一束一束掛けての自然乾燥だ。田んぼの中には稲架襖（はざぶすま）が並ぶ実りの風景だ。

バインダーで稲を刈り取り、乾燥機にかけたお米より、はるかに美味しいお米に仕上がるのだ。

心地よい風に吹かれ美術館を出発。約100名近い人が参加した。

箱根に向かう入谷の観音堂へ。地域の皆さんが毎月集まり、お念仏を唱え、親交を重ねているとか。裏山には不動の滝の跡があり、不動明王が祭られている。今は幻の滝。

禁伐林、原生の森から流れ下る来光川に沿って八巻橋を渡り、万巻上人の経塚を訪ねる。ここだけ椿の木々に囲まれ、小さな石の社があった（万巻上人のお墓との伝説がある）。歩いて歩いて現代の道へ。昔道は心臓が破れそうな坂道だ。その坂の上に

神原にある石仏七観音

日金道の道標が残る「神原七観音堂」がある。地獄界、餓鬼界、畜生界、修羅界、天界、人界は真言宗、天台宗の二つの観音を祭り、七観音である。

そこから薬師堂に下り、三十三観音霊場巡りの札所に祭られている石仏観音が長源寺裏山に祭られている。

館長いわく「今の世にマンションやカラフルな色彩の無い村が存在することだって不思議なことだよ」と。時代は動いていても、この里に残る根っこの部分は誰の目にも読みとれる。

仏の教えと共に暮らしてきた村の人々。学びや社会に対しては、時代を追って暮らしても、家の土台、その見えない部分で物事を一つにして来た。習慣や家族のつながり、精神文化が、この里に根付いているのを感じた。天候は心掛け。心地よいウオーキングだった。

寄稿

かんなみ猫踊り　ベルギーで披露

平成二十七年（２０１５）六月十日付から十二日付の伊豆新聞に連載

オランダまで14時間

函南町・都市交流協会（杉山さゆり会長）の皆さんとオランダ・ベルギー、フランスと8日間の旅をした。目的は、ベルギー・イーペル市長表敬訪問と猫祭り参加である。総勢22人。

「フランスに行きたいと思えどもフランスはあまりにも遠い…」そう言ったのは昔のこと。成田からシャルルドゴール空港まで12時間。ここから欧州域内都市経由の小型機に乗り換えオランダ・アムステルダムへ2時間。窓の外は緑や黄色の畑がパッチワークのように美しい。畑の周りを水路が巡り、絵画で見たヨーロッパの田園風景が広がっていた。

オランダに入ったころ、チューリップ畑が緑の中に大きな旗を広げたように赤、黄、白と見える。皆に教えようと周りを見ると、ぐっすり眠っている。

目の前の雑誌を開くと、日本の天ぷらとうどんの写真がある。隣の男性に「ジャパニーズ・ヌードル」と言うと「オー、うどん」とにっこり答える。なんとなく話が伝わり、私もにっこり笑った。

オランダ・キューケンホフ公園でチューリップを楽しむ訪問団のメンバー

オランダと言ったら風車。そう思って探したけれど、数個目にしただけだった。

翌日、今が盛りのチューリップ園(キューケンホフ公園)を訪ねた。その種類、形、色の豊富なこと。国の財源となる球根を育てているそうだ。昼食は、チューリップ畑の中にあるレストハウスで細長いコロッケを食べた。

アムステルダムは、世界一級のスキポール空港があり、運河が巡り、人の暮らしやすい大きさで、親しみやすい街だ。

かつて日本に影響を与えたオランダ人シーボルトが、日本文化をたくさん海外に発信した。あのゴッホも日本絵画を受け入れた歴史がある。チューリップ園の作業小屋は、日本の茅ぶき屋根そっくり。園の中の桜も日本のものかもしれないと思った。

１００円でできる国際親善

５月９日、ブリュッセルからブリュージュへ。そして旅の目的地イーペルへ。この町の「猫祭り」に函南町の「猫おどり」を披露するのと、イーペル市庁舎を訪問するのだ。

全員が自費参加。私も部外者だけれど参加させていただいた。

午後、バスの中で浴衣に着替え、70キロ離れたイーペル市に向かった。強風の中、マルクト広場をカラカラ下駄の音をたてて市庁舎に入った。

参加するには何か国際交流をと考え、１００円でできる「国際親善」として、折り紙で「猫の百面相」を30個作り、皆さんの胸に付けていただいた。

市庁舎は、戦後の衣料会館の中にあり、美しいステンドグラスに飾られた一室で、イーペル市長と森延彦函南町長が固い握手を交わした。函南町都市交流協会・杉山さゆり会長がイーペル市長にお土産の品を渡し、イーペル市長からも黒猫の置物を皆にくださった。私も「小さな子どもたちへ」と動物や花や野菜の折り紙をバインダーに

折り紙の「猫の百面相」を着けて「かんなみ猫おどり」の練習を見学するイーペルの女性

収め渡した。イーペル市長は、にこやかに右手を差し出し、しっかりと握手をしてくださった。

シャンパンとジュースで乾杯。

皆さんの胸に付けた猫の百面相は、街の人々の胸に付け変わり、イーペル猫祭り実行委員の大きなお腹のおじさんのTシャツにも着けて、交流は大成功だった。

そこから気持ちを切り替え、明日の準備会場になる体育館まで歩き、広場でリハーサル。それは力の入った練習だった。

ブリュッセルのホテルからイーペル

１２３キロを往復した２日間、東京のホテルから函南町まで、それくらいの距離である。

旅の様子は、皆さんの携帯電話で世界に、函南町に発信されている。

大観衆の中で

5月10日、いよいよベルギーのイーペル市「猫祭り」。添乗員もガイドも、全員が猫になりきって祭りに参加した。

車の迎えなどない。踊る皆さんは、ホテルで衣装を着け、化粧道具を持って2時間バスに乗り、そこから徒歩で準備会場に向かった。

3年に1度、1日だけ開催される「猫祭り」に、日本人の団体として初めてパレードに参加するのだ。13人のパフォーマーは気合が入っている。前日も寒い体育館の庭で練習を繰り返した。

応援団は、ますます増える人込みの中、広場でスタンバイ。3時から始まったパレードを高い桟敷席から見学。函南町長と町観光協会長は、来賓席で駐ベルギー日本大使夫人らと見学。その規模は半端ではない。乗用車やトラックの荷台の上での猫パフォーマンス。マルクト広場は人で埋め尽くされていた。

昨日庁舎に表敬訪問した時には、このマルクト広場には桟敷席は無かった。一夜で

大群衆の中で「かんなみ猫おどり」を披露するパフォーマー

準備したのだろうか。

日本人もたくさん来ている。予定時間を過ぎ、耳を澄ますと聞き慣れた音楽がかすかに聞こえてくる。「来たようよ」と皆に声を掛けると、あの独特の猫顔メークがチラチラ見える。メーン道路いっぱいに使って踊る「かんなみ猫おどり」。その爽やかな踊りに、観客は「ウオー」と総立ち。その歓声はひときわ大きく、どよめきから拍手に変わっていった。

無欲に、ひたすらここで踊れることを喜んでいる姿を観衆はしっかり読みとり、熱狂した。参加者全員が大きなものを心に収めたイーペル猫祭りだった。

最後まで踊り切った「かんなみ猫おど

り」のパフォーマーたちは、重い足を引きずってバスに合流した。その顔には達成感に満ちた爽やかな笑顔があった。

フィンセント・ファン・ゴッホと私

2015年5月、函南町の皆さんと思いがけなくオランダ、ベルギー、フランスへの旅に同行した。初めて訪ねる国。少し予習をして、と思い、司馬遼太郎の『オランダ紀行』を読んだ。その中には、半分くらいゴッホのことが書いてあった。

オランダといえばゴッホだ。慌てて『ゴッホのひまわり全点謎解きの旅』『ゴッホの手紙上・中・下』と読んでいった。しかし旅のスケジュールの中では、ゴッホの絵画に出合うことはなかった。

一番先に訪ねたオランダで、「キュウケンホーフ園」を訪ね、チューリップやスイセン、ムスカリなど700万株が咲く広い花園の中を散策した。園の中は、日本との長い交易があったためか、茅葺き屋根の作業小屋や八重桜が咲き、その歴史と親交が感じられた。

広大な園の中に植栽されたチューリップの花で描かれたパイプをくわえたゴッホがあり「こんな所でゴッホに会えた」と嬉しくなり、カメラのシャッターを切った。

上から見下ろすように、ステージが作られていて、大勢の人をかき分けて、色鮮やかなゴッホの顔をこの目でしっかりと見たかったからだ。

ふとカメラから目を離した時、人々の中にゴッホによく似た人を見つけたのだ。私は慌ててカメラをかまえたが、その人は、人垣の中に消えてしまった。

ゴッホのことを考えていたので幻だったかも知れない。つばの広い帽子の両端を丸め、ひげの感じもあの自画像にそっくりだった。


16歳の時だった。東京国立博物館にオランダから130点のゴッホの絵画が来た。私は、どうしても見たいと母に嘆願して、許してもらったことを覚えている。

友達と3人、上野公園口を出ると、フィンセント、フィンセント……と旗がひらめいていた。私はどうしてフィンセントなの?と思いながら長蛇の列に並び、ようやく「ひまわり」の前にたどり着いた時、初めて「フィンセント・ファン・ゴッホ」の名前を知ったのだ。「糸杉」「夜のカフェテラス」など、点のような線のような筆のタッチ。鮮やかな色彩。その印象は強烈で私の心を虜にした。

花が咲き、種子を作る。そしてその実が次の春にまく種子となる。自然の摂理を物語るように、キャンバスに描かれていた。

この時、会場で買った冊子が今も手元にある。1958年10月。ゴッホの死後68年後のことだ。その後、大原美術館や山梨県立美術館でもゴッホの絵を見た。2006年、ロシアのエルミタージュ美術館の近代画家のコーナーで数多くゴッホの絵画に出合えた。『ゴッホの手紙・上・中・下（岩波文庫）の中にも書かれているのだが「僕は、常に実物を見て絵を描いている…」と言っている。

江戸時代、日本が世界で唯一、国交を開いていたオランダ。日本の文化は海を渡り、ゴッホの元へも届いていたのだ。浮世絵、版画、そのリアルスティックな描写を見て、ゴッホは「真実を求めて沢山の模写を試みた」と言っている。

一つ一つの絵画のシーンを弟テオに宛てた手紙に残している。その手紙を大切に保管した家族。読者の心に映像を見るように映し出されている。

生活費を送り続けた弟テオのこと、そのすべてが伝説ではないのだ。

後の人がどんな評価をするよりも、気持ちが伝わってくる手紙は、絵画と共に今もゴッホが愛される理由ではないかと。

ゴッホの死後、最初の展覧会がハーグとアムステルダムで開かれ、ゴッホの絵画の価値を認めたのは、点描画と象徴派の画家たちと共に、ゴッホの作品によって、自分たちの芸術が強められた文学者たちだったと。

ゴッホは、牧師になる道を選んだようだが、絵を描く道を選び、おじさんの画商の仕事を手伝いながら絵を描いたと。

ゴッホが描いた11枚の「ひまわり」。私はそのうちの3枚を見た。

「神の言葉を種播く人に僕はなりたい」と、テオ宛ての手紙の中に書かれている。

「美しい物、それは自然の中にある」樹の幹、枝、葉、その法則をキャンバスの上に乗せる。

「僕を喜ばせる為だとか、僕の利益の為だとか言うのなら、僕はそれどころか、絶対にその必要は無い。どうすれば僕が喜ぶかと言うのなら、簡単なことだ。つまり僕の絵の中で、君が好きな物を君の住居に取って置き、今は売らずに置く事なのだ」(第562信)

おじさんの画商を手伝っていたからだろう、自分の絵の行方、そのルートを読み取っているような言葉である。

ほとんど国境の分からない陸続きの国々、翌日はバスでフランスへ。花の都パリを、ぐるりと一日バスで巡り一泊。翌日大混乱の空港へ。そして帰国となった。

私とゴッホと「ひまわり」。16歳の時出会ったその感動。「実物を見て描く」そういったゴッホに学び、常にその場に立ち、事実をありのままに、自分の言葉で文を描いている。

今私は、林の中に建つ家の窓辺で、木の枝から舞い落ちる木の葉を一人見ている。ゴッホだったらキャンバスにどう描くだろうかと……。

林の中に舞い落ちた木の葉は、次の春の養分となる。自然の摂理であると……。

あとがき

1990年函南町の林の中の家に来て書き綴った文を、日本文学館で『大きな鳥籠』エッセイ集として出版して下さいました。販売ルートに載せ一カ月で完売となりました。

ノベルクラブで細やかに文の書き方を学びましたが、出版社がなくなってしまいました。2009年二冊目のエッセイ集『翼がほしい』を静岡新聞社から出版しました。

2012年夫を亡くし、子供たちに背中を押され2013年伊豆新聞に連載した文や地域の皆様との交流などの文を纏めて、三冊目『里山の窓辺から』エッセイ集を出しました。この本を電車の中で読んでいる人に会い、勇気が出ました。

2017年『まほらのような』詩集を出版しました。その時、皆様から「エッセイの方がいいわ」と……。

生涯学習塾の講師を務め「一コマずつ絵を描くように自分の言葉で文を描く」と伝

えながら、仲間の皆さんとの学びは心地良く、実践してきました。

ここに『花を咲かせる』を纏めました。

静岡新聞社、出版部の皆様とのお付き合いも11年になります。一冊一冊細やかなご配慮を頂き、厚く御礼申し上げます。

喜寿を迎えました。残された日々を大切に過ごしたいと思っています。

２０２０年　３月

谷　和子

谷　和子（たに　かずこ）

1942年生まれ
函南文芸の会主宰　会誌「つれづれ」発行
三島・詩と随筆研究会　会員
元・函南歴史研究会　会員
静岡県詩人会　会員

伊豆日々新聞　連載
「里山の食卓から」「里山の窓辺で」「仏の里に続く道」
「かんなみ猫踊り」他執筆
文芸誌など　受賞多数

著書
『大きな鳥籠』　日本文学館
『翼がほしい』　静岡新聞社出版部
『里山の窓辺から』　静岡新聞社出版部
『まほらのような』　静岡新聞社出版部
『花を咲かせる』　静岡新聞社出版部

花を咲かせる

2020年5月30日　発行

著者・発行者　谷　和子
発売元　静岡新聞社
〒422-8033　静岡市駿河区登呂3-1-1
電話 054-284-1666
印刷・製本　藤原印刷株式会社

ISBN978-4-7838-8009-7 C0095